老師你會不會回來

臺灣唯一
Super 教師
Power 教師
師鐸獎三冠得主

王政忠 著

堅持 0.01 的改變
讓每個孩子有機會去翻轉自己的未來

推薦序

讓我們共同堅持，為成就每一個孩子的未來而努力

一位優秀的教師，必須要能夠發現每個學生的優點，並懂得如何啟發他們的學習興趣。當學習興趣啟發並成熟時，再適時引導學生正確的學習方法，這應是活化教學的基本原則。

王政忠老師在只有六個班的偏鄉小校，以「孩子想去的地方，就是第一志願」的興趣；「讓孩子摸索並且知道自己想要去的，叫做適性」的引導；「讓孩子有能力去到他想去的，叫做揚才」的發展，來實踐以上的教育理念。他更設計各種創意的教學策略，十五年來，對這所偏鄉的南投縣立爽文國中產生很大的改變，成果豐碩。這樣的教育翻轉實例，不只在教育部「國中活化教學列車計畫」中起了重要的鳴笛效應，王老師所服務的爽文國中以及所領導的教學團隊，更榮獲二〇一四年教育部教學卓越獎國中組金質獎。王老師對教育的熱忱與奉獻，以及所創造的教學改變，令人感動與欽佩。

本人非常關心偏鄉地區的教育環境，二〇一四年九月赴屏東縣的國中及高中職，感受到偏鄉地區學校的無窮活力，他們透過多元學習以及特色課程，讓孩子多方探索自己的興趣，也讓家長和學生理解學科分數不是決定孩子未來的唯一標準。

孩子是我們的希望，更是我們國家重要的資產。十二年國民基本教育所致力的，不只是考試入學制度的改革，更是各校均優質、發展出特色，讓學生適性揚才、就近入學，人人積極面對未來，有更多元的可能性。王老師的成功就是實現十二年國民基本教育精神的最佳典範。讓我們共同堅持，為成就每一個孩子的未來而努力。

教育部部長　吳思華

推薦序

有願就有力，乘願而行

近十多年為臺灣教育史上變動最大的年代，變革歷程中蘊涵了多元的思想，試圖從其中找出一條可行的改革之道，姑且不論其變革的功過，到如今卻仍在嘗試摸索之中。看到校園倫理的崩解與衝擊，也許會產生悲觀的看法，但教育工作本來就需要帶些浪漫，需要熱情、勇氣與一些想像力，尤其在這變革的年代更是如此。爽文國中擁有多元發展、競爭力及蛻變的熱情等元素，只是不論教育改革如何更迭，偏遠地區面對的永遠是教育資源不足，老師永遠在面對一群來自貧困家庭、程度不佳的學生，這些來自社會角落、弱勢團體的學生更需要老師的愛心與關懷，但是這個社會是否給予這些老師足夠的資源與支持？如果盲目依循教育改革浪潮隨波逐流而缺乏定見，可能在顧此失彼的情況下，使得部分學生自暴自棄，成為社會邊緣人，造成社會的負擔，這也就是投入偏遠地區教育的存在價值。

許多人問我為什麼要由教育局主任督學外派為國中校長，其實最大的驅動力就在將多年的理論探索落實到教育現場。從教育社會學的觀點來看，教育促進社會向上的功能；或是從人文心理學觀點來看，教育創造高峰經驗而自我實現，這些在爽文國中的蛻變過程中都看到了，其中最值得提出分享的教育價值有：

教育的變與不變，不變的是強化學生的學習能力，變的是方法與策略。

辦學三部曲，以生活教育為教育的核心，其次擴至學業而至生活素質的提升。

正向思考、正向對待、獎勵、激勵才是積極的推進力量。

這些價值的實現當然是經由許多人的幫忙協助而實現，其中王政忠老師扮演關鍵及發揚光大的角色，到如今這些教育價值仍然存在。

書中處處可見王政忠老師本身對教學的反省、堅持與努力，其中有許多感性的回想。在分發到爽文國中任教後，這些天真不受羈絆的孩子對比他的成長背景，在他徬徨的心中種下了奉獻的種子，而九二一大地震激發這顆種子，終於發芽、成長而茁壯。在其成長過程中，深深地看到慈濟有願就有力的精神，所謂萬事起頭難，尤其在推動教育變革之時，需要的是各方因素俱全，如此才能竟其功。由他一路走來的歷程，就在發願投入這個園地之後，回應他的是各方因素隨之一一俱全，其成就誠然是各方因緣匯聚的結果，也是有願就有力的具體寫照。

其次，教育的成就當然可以用升學的表現來衡量，但對一個教育家而言，或許仍無法滿足其內心底層真正的期待。這一層需求的滿足，在於自己所堅定的理想或夢想的實現——改變孩子的命運。王老師一路走來，由分發之初的徬徨之心，透過學生愛的熱情啟發，進而成為散發熱情的慈愛之心，成就了愛的循環，書中提到「我們試著去理解孩子們拒絕的眼神背後所隱藏的恐懼，試著去同理孩子們以偏差的行為爭取更多關注的動機，試著更深入地感受孩子們因為家庭問題所帶來的負面思維，試著更貼近地傾聽孩子們因為孤單無助所呈現的冷漠與狂飆。」當這種教育思維悄然而生，就已經注定爽文國中的蛻變與再生，正如王老師文中提到了孩子們在愛的包圍中逐漸忘卻震殤的痛，並學習感恩及回饋，而王老師的可貴之處就是立願為偏遠地區教育奉獻心力，以身作則滋養學生愛的幼苗，使學生不僅在升學上有令人驚豔的表現，更能將所接受的愛化為服務的力量，進而激發對學弟妹的愛、家鄉的愛。如此乘願而行是王老師繼續帶領學生向上的力量，令人感佩。

本書是描述王政忠老師反思其十五年的教學心路歷程，字裡行間令人深深感受到他的教育熱情和與學生的互動；他對教育用情之深令人動容，亦獲致難得的教育成果。本人有幸和他共同開拓這塊教育園地，更慶幸有機會對本書先睹為快，心中甚感榮耀，謹以此序推薦此書，期待將王老師對教育的愛分享給所有教育工作者。

敏惠醫護管理專科學校教務主任　謝百亮

推薦序

教學創新的源頭，源於勇敢面對問題

王政忠老師是一位心很強韌的老師。

王老師從小的求學歷程就充滿波折。為了學費，他去手工廠上班；為了省錢，他懇求房東讓他蝸居在樓層間的儲藏室一年。到了大學除了念書，還要努力接家教賺錢幫忙清還家裡債務。就這麼一路苦上來，直到當上老師。正因為王老師求學的過程如此辛苦，他深知教育對弱勢家庭來說，是多麼重要。所以他是這麼樣的努力，想把偏鄉孩子都帶上來！

這本書很令人感動的是，王老師把他從大學畢業排斥到偏鄉教書，到後來因為學生聲聲呼喚而回來偏鄉，到這十幾年在偏鄉努力耕耘的心路歷程，毫不保留地完全呈現給讀者。從這裡面，我們看到王老師一次次的突破、一次次的蛻變。他要教好孩子們的心，也愈來愈強韌！

教學創新的源頭，來自於勇敢地面對問題。一個偉大老師與平庸老師的差別，就在於有沒有一顆堅韌的心，願意解決教學上的種種問題。王老師的故事可以給許多老師啟發。他在偏鄉，資源不夠、學生不想念書、家長對教育無感。各種問題，千頭萬緒。這樣困難的環境，如何把學生教好？相對於其他的老師而言，這是多麼大的挑戰。

在教育現場，常聽到老師慨嘆：「現在學生愈來愈差、愈來愈不用功。」彷彿一句學生愈

來愈不用功，就可以把學不好的責任歸到學生身上。老師就可以安心、就可以無視問題，數日子等退休了？

看到孩子們不想念書，很多老師會放棄，但王老師不放棄。他想辦法用集點的方式激勵他們，但孩子不領情，對點數沒興趣。很多老師認為不放棄不行，他還是不放棄，他辦了跳蚤市場讓學生用點數競標想要的東西，終於讓學生燃起動機在學習上求表現、得點數。

在偏鄉，辦活動常人手不足，怎麼辦？很多人會放棄，但王老師不放棄。他透過球隊的方式，把教過的學生組織起來，形成青年軍。他把這些年輕人帶到校園、鄰里間，一起來推動許多活動，解決偏鄉人手不足的問題。

在偏鄉成立國樂團聽來似乎是不可能的任務，但為了讓偏鄉孩子學音樂，王老師幫孩子們成立絲竹樂團，這些孩子最後甚至還打進全國賽。孩子們的表現，證明了他們只是需要一位願意相信他們做得到的老師。只要有老師相信他們，孩子們自然會做到！

為什麼王老師總能克服種種的問題？王老師說：「孩子們，你們就是我的信仰！」就像為母則強的母親一樣，一位衷心想把學生教好的老師，也會生出源源不絕的力量突破種種難關。把學生教好，我們老師自己的生命才有價值。

由衷期盼王老師的故事，能幫更多老師，真正找到自己的生命價值！

臺灣大學電機學系副教授　葉丙成

推薦序

這是偏鄉老師推廣翻轉時可以參考的成功案例

二〇一四年對王老師是很成就的一年。續前幾年陸續獲得POWER 教師獎及SUPER 教師獎，他更得了師鐸獎，並且總結他的教學經驗，發表了POWER 法則及針對偏鄉的MAPS 翻轉教學法。

今年是臺灣教育史上很有意義的一年。從年初由公益平臺基金會及誠致教育基金會一起在臺大舉辦的翻轉教室工作坊開始，全臺幾千位老師掀起由下而上的「翻轉學習」運動，無論是「學思達教學法」、「By The Student 教學法」、「均一教育平臺」或者「MAPS」，都希望能改變臺灣的填鴨式教育，讓學生成為學習的主體，能有帶得走的能力。

王政忠老師推廣翻轉教學十多年，他先是透過行政策略翻轉偏鄉的學習現況（例如學習護照、跳蚤市場等），近年則聚焦在課堂內的教學翻轉（例如MAPS）。由外而內，逐步改善學生的學習環境和氛圍，激發他們的學習動機，創造他們的成功經驗，讓這些孩子知道成功是可能的，而且可以複製。

王老師的翻轉教學策略不同於都會地區精英學校的翻轉策略，主因是學生的情況、家庭環境、社區生態不同所致。隨著少子化，偏鄉學生占全臺灣學生的比例愈來愈高，他們的成功與否對臺灣未來的競爭力影響很大。王老師的書《老師，你會不會回來》在此時再版，對很多偏鄉老師無異於乾旱裡的甘霖，讓他們在推廣翻轉時，可以參考或複製偏鄉成功的案例，不會受限於都會地區的翻轉模式。

無論哪一種方法，我們殊途同歸，都希望臺灣的下一代比上一代好。我很高興、也很榮幸能認識王老師。這三年來，他始終如一，充滿熱情與創意，執行力超強，似乎有用不完的精力。只要對學生有幫助，即便資源非常短缺，他都願意去試著找人幫忙。這中間有快樂、有成就感，也有懊惱與挫折。王老師不留一手，把他多年的創新教學及其間的酸甜苦辣，都以說故事的方法向大家分享，我相信每一位老師都可以從這本書裡得到很多的能量和智慧。

財團法人誠致教育基金會董事長　方新舟

推薦序

一起加入我們共同的溫柔革命

二〇一三年七月，我第一次遇見王政忠老師。當時的我，正深陷無可自拔的拉扯之中：該留在美國，好好抓住我這個臺灣土女生努力爭取來、夢寐以求的「翻身」機會？還是該正視我心中放不下的、對於臺灣許多偏鄉孩子面臨不公平的教育品質的憤怒與心疼？

當我碰到王老師，老實說我不敢和他講太多話。我怕若親耳聽見他和孩子們所共同編織出的生命張力與厚度，我真的就會回來了。所以他演講的時候，我找了個理由，先跑回家。

然而，回到家後，看到書桌上擺著《老師，你會不會回來》，忍不住又再翻了一次。我讀著那剛當完兵、與我同年的王政忠經歷掙扎，「或許不是非我不可，但需要有人願意留下來，認真而公平地對待他們——而我，或許可以是那一個，或許即使只是其中的一個！」

我不記得我讀了多久，只知道一個月後，我回來了，而且從未後悔過。

回來的這一年，我和夥伴們拚了命構築「Teach for Taiwan」（為臺灣而教）的夢。在臺灣的偏鄉，很多人願意捐錢、捐書、捐電腦，但像王老師一樣願意「捐出自己」的，少之又少。每年開學，偏鄉的校長們處處為孩子請命、找老師，卻時常到開學了都找不到人。

王老師曾痛心地寫下：「他們都是臺灣的孩子，他們遇到的是沒有師資、沒有教學品質的基本人權問題，他們遇到的是沒有公平受教權的根本問題。就要開學了，走進偏鄉孩子教室的會是誰？或者，會有人走進他們的教室嗎？」

王老師在爽文的付出，讓一片貧瘠的野地開出了一簇簇希望的花朵，但臺灣若只有一個王政忠，偏鄉依舊偏鄉，弱勢依舊弱勢。我們需要更多老師不是只為了「鐵飯碗」而來，更多用生命造就生命、將教學視為重要使命、願意去需要他們的地方的老師。

Teach for Taiwan 就是在這樣的理念下誕生：我們招募、培訓、支持有使命、有能力的青年，承諾至少兩年投入有需求的偏鄉國小，成為臺灣優質教育的推動者，共同發揮長期影響力。

在籌備 Teach for Taiwan 的第一年，我們接受了許多人的祝福，但也面臨了無數的挑戰與質疑。好幾次，我質疑自己憑什麼做這件事、為什麼要走這條辛苦的路。就在我覺得快要走不下去的時候，不知道哪來的靈感，我借了輛車，開到了中寮找王老師。

短短的一個早晨，我看著雙眼發光的他，帶著臺下一個個眼睛同樣閃爍著光芒的孩子們，共同沉浸在學習國文的樂趣中——好美的畫面。下課後，他特別留下來與我聊聊，說他花了好幾年的時間實驗研發 MAPS 翻轉教學法，也說他為我們做的事感到驕傲，若有任何能幫上忙的地方，他都願意。

開車離開中寮的路上，我咀嚼著王老師所活出來的榜樣：一時的熱血，沒什麼了不起；即使他得了所有當老師可以拿的獎，沒必要再冒險創新的時候，他仍從未停止學習。他的動力不是來自外界的掌聲，而是在乎最核心的——臺灣的孩子們——是不是能夠真正擁有他們應得的學習機會。在那天來到之前，再多的掌聲都不算是成功。

二〇一四年五月，Teach for Taiwan 完成了第一屆的招募，從近二百份申請書中，選拔出十六位教師受訓，準備九月時進入臺東與臺南八間國小服務。一路走來，王老師義不容辭地投入培訓教師的行列，甚至還用自己的演講幫我們募款。

在培訓的最後一天晚上，他特地從中寮趕來，用了將近四個小時鼓勵這些即將投入偏鄉教育的年輕老師們：莫忘初衷。臨走前，他拍拍我的肩膀，說：「加油，有需要的話，我都在。」想起不過一年前，我是多麼害怕和他踏上同一條「不歸路」；一年後，我是多麼榮幸能成為與他並肩作戰的夥伴。而這也是他最令我感動的：不求自己一枝獨秀，而始終堅持看見真正的需要，用心拉拔願意一同投入的每一位。

很開心，能有機會推薦這本可以說改變我一輩子的書。

在最後，我想用王老師自己的文字來做結：「政府或許可以做得更多，但等待這樣的或許之前，我們會繼續向前走，做原本就應該做好的，堅持原本就應該堅持下去的，給孩子我們原本就應該要給的。」

邀請你，看完這本好書後，也加入我們共同的溫柔革命。

Teach for Taiwan 創辦人　劉安婷

各方讚譽

隨著個人拙作《教育應該不一樣》的出版，我陸陸續續看過許多有關教育的書籍，這其中尤其令我驚嘆的就是來自芬蘭、澳洲這些人口不但眾多、國力也不過與臺灣相當的國家，在教育上竟已經擁有許多超前的成就，更強化了我個人一直深信的理念——臺灣的教育已經面臨到必須全面修正的態勢。

隨著時代快速地向前挪移，教育本當是在政府的領導下扮演前照燈的角色，沒想到我們卻依然執迷於過去僵化的考試與強記模式當中。王老師的這本書，除了讓所有教育從業人員看到一個年輕教師從不斷地學習與探索中找到方法，從絕望中燃起希望，從僵化的教育體制中找到方向與未來。最重要的是，王老師的摸索，其實已是世界先進教育國家最適用的教學方式，他更印證了教育的結構性問題必須徹底改變。

個人認為這個改變必須從填鴨式的教學，走向啟發式的教學。在現今全面開放的世界競爭環境下，未來的老師必須要有能力教出比自己更棒的學生，做為老師的更要從講臺上走下來，重新學習放下傳統的教學方式，與學生共同發掘問題，並訓練學生找到答案的能力，這就是啟發式教學的真正精神！

公益平臺文化基金會董事長　嚴長壽

王政忠老師十五年來無私的付出，讓臺灣最窮平地鄉之一中寮的孩子看見未來。讓我們一起向深信教育可以改變孩子的教育工作者致敬！

技嘉教育基金會執行長　劉明雄

我住在南投，中寮是個看瀑布和騎單車的好地方，不過，這是我以旅人的心情來看中寮。據我所知，在中寮就業、就學並不容易，要介紹中寮我不適合，長期在中寮鄉爽文國中服務的王政忠老師才適合。

王政忠老師把人生最精華的十五年投入中寮的爽文國中，教室內、校園外，處處有他灑下的種子，處處有他教育、組織這些種子的力量。當這些小種子長成大樹，將給中寮帶來更多美好未來的可能。

其實，王老師自己也是一顆小小種子，教育圈的種子。他，證明了在教育圈可以種出多大的樹。如今，綠樹成林。在此很樂意引介這位教育園丁的故事，這是王老師的成就，更是教師族群的聖職使命。

全國教師工會總聯合會暨全國教師會理事長　劉欽旭

讀完王政忠老師流暢又動人的故事，你很難不被震懾。

王政忠老師是臺灣的隆・克拉克，他寫出一本關心臺灣教育者不能不讀的好書！

惠文高中圖書館主任　蔡淇華

新版序

這幾年，大家都在講翻轉

我很早就開始在我的教室裡翻轉。從十五年前透過行政策略翻轉偏鄉的學習現況，到這四、五年，聚焦在課堂內的教學翻轉。

我深深體會：愈是偏鄉，愈是弱勢，愈是需要有人帶領這些起點遠遠落後的孩子翻轉。

特別是十二年國教第一次會考之後，我幾乎對體制內的教育政策是否能夠帶領孩子經由受教育翻轉人生，完全死了心。教育主管機關沸沸揚揚地討論著都會地區入學管道的技術性問題，而完全忽視偏鄉地區牽動孩子學習成效的基本問題。

長久以來，偏鄉弱勢的孩子面臨的始終不是如何選的問題，而是沒有能力可以選的問題；之所以沒有能力選，是因為沒有得到與城市一般專業而公平的教學對待。連稍稍夠專業的師資都找不到的課堂，如何翻轉？

不是每個偏鄉或原鄉的老師都不夠專業，而是專業師資太少太少。

我就在偏鄉，清楚知道偏鄉教育的問題從來不是錢，而是人。走過、演講過的偏鄉和原鄉離島學校超過二百所，我清清楚楚地看見這樣的師資缺乏情況有多惡劣。翻轉是需要專業的，不僅是熱情而已。

沒有專業，沒有辦法真正翻轉孩子的學習。比之於從前以教師為中心的教學模式，翻轉課堂需要更專業的老師。

但，沒有老師，怎麼翻轉？我的意思是：沒有夠專業的老師，怎麼帶領孩子翻轉？

於是，都市或者稍稍都市的地方，翻轉如火如荼地燎原。我們看到來自都市的翻轉大師帶領著一群又一群原本就夠專業的老師們義無反顧地翻轉著。

這一群又一群追隨的老師原本就夠專業，但被過往那麼久以來的教學生態消磨了熱情。如今，熱情被喚醒，專業緊跟而上，模範就在眼前，單打獨鬥轉眼集結成了熱血之師。多幸福啊！他們的孩子。

而偏鄉呢？原鄉呢？離島呢？

我再說一次：沒有專業的老師怎麼翻轉？連起碼的合格代課代理老師都聘不到了，又怎麼奢求專業？怎麼奢求翻轉？

於是，我擔心這樣一波的熱血翻轉，會不會又是一次拉開城鄉差距的無心之舉？

我支持翻轉，我也在翻轉，而且翻轉很久很久了。時不時，還被好朋友們過多地推崇溢美為大師之一。但，老實說：我有些擔心，好吧，是很擔心。

跟不上翻轉的偏鄉，沒有專業師資可以翻轉的原鄉，會不會被遠遠遠遠、更遠更遠地遺忘在原地？我們得想些辦法。

初版序

留下來之後

一九九七年七月，因為家庭問題，我別無選擇地回到南投，回到這個我一點也不熟悉的山城，然後因為師大公費分發實習，踏進了爽文國中。

一九九八年六月，逃難似地離開了爽中，帶著解脫的心情入伍服役，我告訴自己要用盡一切辦法在退伍後調離這個恍如動物園般的偏鄉學校。

一九九九年九月二十三日，九二一地震後第三天，那兩位哭泣哀嚎的女學生抱著我，問了我這麼一句：「老師，你會不會回來？」

二〇〇〇年四月，我回到爽文國中，留了下來，再也沒有離開。

超過十五年了，第一次這麼仔細地回顧這一段漫長的生命歷程，卻突然發現，所有記憶裡重要的或者難忘的索引，都標示著學生們立起的里程碑。

這將近十一萬文字的爬梳，才驚覺許多以為會就此淡忘的細碎記憶，卻清晰得像是放大鏡下舒展開來的脈絡，沿著主幹，然後分枝，亂中有序且有條不紊地引領著我的思路蔓延、交融而終於開枝散葉，蓊鬱且蔚然。

我抬起頭，透過交疊掩映的葉縫，細細品味我克難卻豐盈飽滿的爽中歲月。

第一次絲竹樂團成果展、第一次國立高中職錄取率突破八〇%、第一次國小畢業生全數留下來就讀、第一次A's壘球隊出外比賽、第一次畢業生回來擔任志工、第一次技藝學程學生拿到拉坯全縣冠軍、第一次音樂比賽拿到全國賽資格、第一次爽中青年軍辦理棒球生活營、第一次北中寮策略聯盟跳蚤市場……

許多的第一次後來都不是唯一的一次，但學生們、老師們、家長們因為這樣的開花結果而歡呼而落淚而興奮而感動，每一次都深深地鏤刻在我的生命裡，標示著每一次因為堅持、因為願意、因為投入因為應該而留下的足跡，這樣的足跡密密麻麻，遍布在這座用希望構築而成的校園裡。

嚴格來說，在二〇〇八年以前，我幾乎不曾抬起頭來去關注這個校園以外的教育環境，不在乎缺乏的教學資源，不計較克難的校園設備，不清楚先進的教育理論，不去想這樣做那樣做值不值得、應不應該；我的目光只集中在我的學生身上，想盡一切辦法要守住並提升他們的基本能力，要提供並創造他們的成功機會，要激發並內化他們的學習動機，要塑造並永續他們的學習氛圍。

我只想著這些，其餘的都不重要。

突然之間，我得獎了，學生得獎了，學校團隊得獎了，畢業校友組成的志工團隊得獎了。

接二連三的意外榮耀讓我開始抬起頭來環顧四周，環顧這個校園以外的世界，我看到了我們的不一樣，看到了我們的了不起，但，也同時看到了我的不足，看到了學生必須要有更高層次的需求，看到了這個校園應該更好，可以更好的可能。

二〇〇九年，我選擇了課程研究所，希望讓這樣的不足、需求與可能得到答案。

二〇一〇年，我也選擇了校內分享、國內外演講以及學術研究發表，希望讓答案不只一個。

二〇一一年，我決定了一個更為巨大的選擇——寫下來，變成文字。除了是為了傳達一種價值——關於教育可以改變孩子命運的價值，更希望分享一個關於教育工作者其實可以嘗試的方向，或許，可以讓這樣的答案不僅是我們的答案。

這麼多年過去了，這個機會校園充滿著各種原本就應該具備的公平對待，也因為這樣的對待，我們看到了希望蔚然成林，雖然，偏鄉依舊偏鄉，弱勢依舊弱勢，但這一片貧瘠的野地，的確開出了一簇簇迎風招展的向陽花朵，這些花朵來自於每一顆或胖或瘦、或美或醜的種子，他們無從選擇在哪裡落腳，命運像風，把每一個孩子帶向每一片可能的土地，但教育是陽光、是空氣、是水，只要公平的對待，每一顆種子都會開花，或高或矮、或紅或白，都會開花。

陽光、空氣和水從不會挑選種子，教育或者教育人員也應該是，政府或許可以做得更多，但等待這樣的或許之前，我們會繼續往前走，就像過去的這些年，我及我的夥伴們所做的決定一樣，做原本就應該做好的，堅持原本就應該堅持下去的，給孩子我們原本就應該要給的。

而，這不過就是他們原本應該得到的。

最後，我想回答那兩個我已經忘記姓名、忘記臉孔的孩子抱著我邊哭邊問的問題，「老師，你會不會回來？」

「會的，我會的，我一直都在，不曾離開。」

目錄

第六章　希望工程

第七章　未竟之渡

特別收錄　教學翻轉

楔子

一九九九年九月二十三日，九二一大地震摧毀中臺灣後的第三天。趕搭災區士官兵專機，我從服役地點金門返抵臺灣，幾趟舟車接駁輾轉回到暫時的紮營避難處——南投中興新村，猶豫著要不要入山去看看當兵前、實習時那個我一心想逃離的學校，卻因為母親似有意若無心的一句：「聽說爽文很慘，都倒光光了。」讓我終於跨上機車。

沿著第一次去爽文國中的路時停時進，那過去一直指引著我上班下班的產業道路上的雙黃線，被不知名的力量拉扯得斷斷續續，拋甩得高高低低，有幾處甚至像打瞌睡的學生猛力頓點下壓的筆跡轉折，畸形扭曲。愈接近學校，心就愈忐忑，兩旁觸目所及盡是頹圮傾倒的屋舍，有些鄉民看得出來鐵了心堅持不走，就地在全倒或半倒的瓦礫堆外搭起布棚，絕大多數都是默然無語，彼此相對無言，頻頻揮手拭淚。

我驚惶地繞過土地公廟，轉進校地前方的那片公墓——喔，我的天哪！

爽文國中L形的校舍建築呈波浪狀倒塌全毀，教室禮堂辦公室幾乎無一倖免，學生集合場水泥地面裂痕四布，石塊瓦礫遍地，原本環繞校園的蓊鬱林木或倒或臥或趴，盡皆攔腰對折或連根翻起，只有那僅存的五棵椰子樹孤伶伶地杵在操場旁不知所措，而籃球場竟然半邊隆起一座小丘陵，高度落差將近一公尺。

學生呢？學生呢？

我環顧蒼茫四野廢墟，空盪盪的校園無聲死寂得可怕。

一個老阿婆突然蹣跚出現在路的盡頭，我攔下她直問：

「郎ㄉㄟ？去都位？」

「攏米哩爽文國小啦！」

我油門猛催，再次狂奔。

到了爽文國小，車還未停妥，我的兩個學生觸電似地望見我，拔腿就朝我跑來。

「老師！老師！」幾乎是尖叫的音量，她們放聲開始大哭。

「怎麼啦？怎麼啦？」我一把拉入懷中。

「老師、老師，我家倒了啦——我找不到我爸爸啦……」含糊不清的話語，夾帶著幾近崩潰的哭吼，卻一字一字清晰得令人心痛。

「那、那、那……」我半晌擠不出一句安慰的話。

「老師，某某某死了，我們班那個某某某被壓死了啦……」另一個女孩的哭訴就像一道電流，我的咽喉被緊緊纏繞縛住，幾度張口卻無言。

「老師、老師……」

「別哭，別哭，別哭啦！」

「哇哇哇！」她們持續的哭喊聲拔尖而淒厲，並且不忘抽搐著問我這一個已問了無數次的老問題：

「老師，你當完兵會不會回來啦？會不會？」

第一章　爽中動物園

「借問一下，爽文國中怎麼走？」我停下機車，詢問路邊那位一點都不辣的檳榔西施阿姨。

「有沒看到雙黃線？」阿姨頭也不抬，一副內行地回我。

「有。」

「沿著雙黃線一直騎，不要轉彎，看到派出所再問人。」

「喔！」

後來我才發現，要說服自己不轉彎其實很難，因為對一個初來乍到的外地人來說，每個彎都好誘人，每個沒有被選擇到的岔路都好像才是正確的方向。

多年以後，當我們學校第一次舉辦全縣性國中小教師研習，有位沒來過爽文國中的教師甚至開到了一個半小時車程以外的九份二山。等他抵達本校會場時，剛好領取便當壓壓驚。

不過，檳榔西施的話永遠是對的。我鐵著心，一路盯著雙黃線往前騎，沒有閒工夫欣賞沿路的風光，因為我得快一點找到我要報到的學校，當然，後來（又是「後來」）當我有心好好欣賞的時候，不由得深深佩服本校家長會前會長的至理名言：好山好水好無聊——喔，對了，他在這裡經營民宿。

終於，我看到了派出所。登門一問，一位穿著無袖「吊嘎仔」、挺著大肚腩的人民飽母——喔，保母——往上一指：

「土地公廟左轉，墓仔埔對面就是。」

「廟？墓仔埔？」好個地靈人傑啊！

繞過土地公爺爺，我放慢速度，怕驚擾了大家。不過，我左晃右晃、東看西看，真的，我真的搞不清楚，哪邊是墓仔埔，哪邊是爽文國中。

荒煙蔓草，杳無人跡。

直到終於發現幾隻在草叢間出沒的「野生動物」——喔，國中學生啦！——我才稍稍確定，是這裡吧？

我把速度再放慢，經過應該是側門的出入口——後來我才知道，爽中的側門就是正門，因為原本的正門階梯已被芒草掩沒，且被用來當作垃圾掩埋場——看到不遠處應該是活動中心的地方，灰暗的玻璃門前是一大片磨石子地板，上面躺著六、七個大男生，或呈大字形，或呈彌勒狀，但都敞開白色短袖制服，露出肚臍或胸膛，偶爾抓抓頭髮，偶爾撓撓耳腮，偶爾摳摳胳肢窩。

「哇嗚，這……現在是上課時間吧？」看看錶，我目瞪口呆，不知如何形容那種震撼而驚悚的畫面。

我的心往下沉，在機車上喘了一大口氣之後，還是得繼續前進，終於看到停車場，一熄火，轉頭就看到一堆一堆「蹲」在牆角門邊樹下聊天的女學生們——對，蹲著，兩腳開開，雙手擱在膝蓋上的經典阿桑式蹲法——三三兩兩地圍成半圓形，她們頭上頂著半屏山髮型，紛紛乜了我一眼，然後繼續聊著她們的廟會陣頭及劉德華。

「動物園！」這個念頭強烈而快速地閃過，我來到動物園了嗎？

我知道這世界上有一種現象叫做「城鄉差異」，我也知道偏鄉學校的學生本來就比較「質樸」，但，這個差距未免也太大了吧？而這種質樸，怎麼令人覺得淡淡的沮喪！

這是一九九七年七月的某一天午後。就在早上，高師大公費畢業的我別無選擇地選填了這所學校當作未來一年的實習單位，我對於南投一無所知，更別提學校所在的中寮鄉。我事先並沒有打聽，因為以為到哪裡教書都一樣，也或者天真的我以為臺灣各地學校的差異不至於太大，但，我錯了！這樣巨大的差異讓我啞口無言！還記得大四實習課程是在高雄市的某所市區國中，那些閃耀著伶俐眼神的臉龐，此時此刻像蒙太奇的電影畫面一樣，詭異地與眼前這些滾著、趴著、蹲著的臉龐兩兩配對出現；又像投影片，每一張都對比著兩張臉龐，一個明眸皓齒一個蓬頭垢面，一個冰雪聰明一個渙散無神，一張一張迎面而來，揮之不去……

我出生於鄉下，成長於鄉下，只不過是大學四年生活在都市，況且我自己親身經歷了好長一段貧困又窘迫的青少年時光，高中開始便離鄉背井在夾縫中求生存，對於偏遠、對於弱勢，我應該不會大驚小怪才對。然而，眼前的景象，荒涼到我無法想像這是間學校；那些男男女女學生的眼神、氣質、言語，讓我的驚嚇很快轉為沮喪。這是我要教的學生，這是我要面對的教學現場，這是我要實習一年的地方，但更沮喪的是，沒有背景沒有靠山的我，恐怕得別無選擇地待上不只一年……

第二章　沒得選擇的人生

別無選擇的不只是來到這個貧瘠的偏鄉國中並且要待上一年，包括填選南投縣實習，甚至是我的成長，都是一段又一段別無選擇的人生。

我是土生土長的臺南囝仔，出生在當時還算是鄉下的新市鄉，國中一年級以前，家中經濟始終起起伏伏在貧窮的邊緣，母親是個認命的紡織廠女工，為那個吃喝嫖賭樣樣來的計程車司機老公不斷擦屁股。國二那年，家裡僥倖中了大家樂，百來萬的彩金並沒有讓這個家從此翻身，反而加快往下墜落的速度。國三那年，所有的彩金已經被父親揮霍殆盡，更不幸的是，鉅額橫財讓他很快地習慣了更加奢華的聲色消費。多少次我看著他把一疊疊的綠色百元大鈔裝進西裝褲左右前後四個口袋，在母親無奈的目送之下，說要和朋友去談事情，然後隔天一早醉到不醒人事被朋友扛回來。一切的一切很快就歸零了，他轉而找上地下錢莊借貸，希望博取再次獨得彩金的機會。當然，利滾利的驚人速度沒能讓那癡想的狗屎運追上，就在我考上臺南一中，並且只讀了一個學期之後，寒假中的某個夜晚，父母神色凝重地宣布：我們得跑路了！

他們——我的父母及弟妹——跑路了，丟下天文數字般的地下錢莊債務遠走南投投靠大姑姑，我沒得選擇地留在臺南，寄居在新化的外公家繼續念高中。外公一家對我充滿怨恨，因為是我爸害得他們女兒落魄逃離。寄人籬下的那半年，我沒有看過好臉色。印象最深的一次，是我生平首度因為打籃球而扭傷腳踝，那天是週六，隔天我困在二樓的房間無人聞問，腫脹的腳踝讓我動彈不得，但沒人要我下樓吃飯，沒人問我在幹嘛。傍晚，許久不見的大伯父突然現身，他剛巧到附近找朋友，順路過來看看我，在外婆的呼喚之下，我右腳懸空，一跛一跛地跳下樓，每一階的每一次震動都是折磨。我扶著牆，忍著淚。伯父疑惑而不捨地望向我，又望向兩老，還來不及開口，外公搶先開罵：「腳受傷也不會講！」伯父識相且世故地掏出一千塊塞給外公，「親家，小孩子不懂事，這一點點意思貼補你的藥材，待會給他喬一下，貼個藥膏，你那個藥膏最有效了。」

我知道外公是個拳腳師父，我一直都知道！

週一一早我扶著牆，沿路跳往公車站，擠上興南客運，抱著欄杆貼著門，晃了三十分鐘到成功大學站，車一停，我咬牙一躍而下，繼續坎坷地跳跳停停，繼續我痛也不吭一聲的求學之路。

坎坷的求學之路其實才剛開始，但我決定不靠任何人咬牙前進。

高一下的暑假，南一中的學生宿舍完工，我幸運地搶搭第一班車入住，從此每天上午的下課時間我在學校圖書館擔任工讀生，晚上在學校旁東寧路的滷味攤切小菜到十點。每個類似端午的連假，沒有車錢回南投的我窩在空蕩蕩的宿舍，靠著一條十八元未切片的白吐司度過一天，吐司的甜美滋味常常伴著鹹鹹的淚水，愈咀嚼愈苦澀。只有遇到段考我才會請兩天假，不眠不休在四十八小時內啃完整個段考的進度。我記得有一次因為睡眠不足而在數學課堂上打瞌睡，那位數學名師不客氣地當場酸了我一句：「王先生，聽說你想考師大啊？睡飽再來吧你！」

但我一直沒有睡飽過。大學聯考前我終於辭去滷味攤的工作，與兩個麻吉相約，開始進行三個月考上臺、清、交的不可能任務。我們嚴格落實九十天不碰床及枕頭的不人道公約，三個人埋首在宿舍地下室的K書中心念書，晚上累了只能一次一個人睡二小時，椅子一併就躺了上去，時間一到就把對方挖起來；念到煩了悶了，就一起爬出牆到操場散步，看星星，說未來，談夢想。後來，他們一個上了清大電機，一個上了交大電子，而我，成了唯一失約的人。

無止盡地跑

我一點都不想失約，所以用盡我的精神和體力希望ㄍㄥ到最後一刻，但，顯然沒有成功。

聯考第二天的最後一科是地理，總共占二十四分的非選擇題我只錯了三格，但選擇題的七十六分我卻拿了不可置信的一點多分，加總起來，我只拿了二十二點多分！原因出在我漏了第十題，直接填答第十一題以及接下來的每一題，然後將所有的答案畫在錯誤的欄位裡，在那個不答沒分、答錯會倒扣分數的年代，這樣的烏龍，真是該死。

我似乎脫離不了被選擇戲弄的命運，雖然六科總分三六四分或許還能擠上彰師大，但極有可能得自費就讀，而這遠超過我能負擔的極限，所以，我只能再一次被迫選擇沒得選擇的下一步——重考。

收拾行李，離開臺南，去到我完全陌生的南投。

不用多久，在我爸的介紹牽線之下，我開始在他朋友經營的手工皮夾家庭工廠上班，日薪只有五百，但我希望半年內能存到三萬塊，讓我可以報名重考補習班。

工作內容是完全不用動腦的手工裁剪、黏貼或車縫，工廠裡的同事是幾個婆婆媽媽，閒扯瞎聊之餘總不忘虧我一句：「呦！一中畢業的ㄋㄟ！」

規律上班下班一段時間之後，我開始異常沉默下來，不太笑也不太抬頭，突然不用腦袋思考的日子讓我失去大部分的語言能力，唯一會讓我傷神的，是三天兩頭家裡會有一個醉到東倒西歪、卻怎麼也睡不著死不去的老爸——我買過安眠藥摻在飲料裡，也用力在神明前惡毒詛咒過，但他就是可以半夢半醒地繼續瘋狂。他會暴怒狂飆三字經，會沒來由地抓著我揮舞雙拳，更會準時出現在週六的紡織廠門口，等著連搶帶騙拿走我媽的加班費。那是一九八〇年代，臺灣景氣正好，紡織業有接不完的訂單，母親每天上班八小時，然後接著加班八小時，每週六可以領到加班費，那是一大疊的現金，但那加班費極少出現在餐桌上或者弟妹的學費袋裡，常常是一過我爸的手，便進了賭博電玩水果盤的投幣孔裡。偶爾有幾次，那個「BAR-BAR-BAR」降臨，他會拎著豆干、海帶等滷味回來加菜，但更多的時候是摔門踹桌的連聲咒罵，幾乎沒有例外，那之後常接著母親的嚎哭或者是我的四處奔竄。

日復一日，我等著半年的時間一到，就要帶著負載所有希望的三萬塊錢去臺中一中附近的補習街開始我的新人生。南投恆常的蔚藍晴空下，我常坐在某個圍牆邊抬頭仰望，以秒為單位靜靜而愉悅地倒數；也或者在無比澄澈的星空下，我會晃到不遠處的省政府官員宿舍前，聽著裡面輕輕流洩而出的鋼琴聲或笑語，慢慢熨燙我起伏的心。

我堅定的相信：給我機會，給我時間，我會脫繭而出，離蛹幻化！

但事實是，這是場設計完美的騙局。

半年後，我帶著愉悅但慎重的心情到了一中街，仔細比較過幾家補習班後，選定了最便宜的一家，即便如此，區區一學期的學費也幾乎透支了我的積蓄，我盤算著買公車月票，吃家裡帶的便當，然後多喝水，這樣精簡的開銷應該可以讓我撐過這半年。我妥善擬著說詞，準備謙卑地向我爸的老闆朋友拿回我半年的薪資存款。

「薪水？」

「對啊，我暫存在你那裡的薪水，半年，三萬一千四百二十五元啊。」

「你爸都借支啦！」

「借支？」

「他說你要補習，怕你亂花，先幫你存起來。」

「存起來……」

我忍著將近爆破的胸肺，在家等著。

「他其實還多借了一些，說等你下個月的薪水一起扣……」這樣的話像擰抹布，我的心糾結到就要支離破碎。

不願相信我所想像的一切，那太殘忍，卻又愈來愈清晰地浮現。

「碰！」「幹！」門撞開了。

「我的錢ㄌㄟ？」

「唉啊，再賺就有。」

我記得那瞬間整個世界突然變得無聲，像默片，黑白而閃爍，只覺得我所有的情緒正快速膨脹，然後化作重重的兩拳，毫不遲疑地撞上父親的嘴角和眉間，甚至等不及他發出哀嚎，我已奪門而出，沒有意識地往前奔跑，跑過那蔚藍天空下的圍牆，跑過那漫天星辰下的官舍，我沒有眼淚可以流，連嘶吼都沒有力氣，我只是跑，無止盡地跑！

小窗蝸居

我其實沒有跑很久，因為我清楚知道，這樣跑，只是在原地打轉，一輩子打轉。

我停了下來，坐在中興新村大操場的角落，靜靜聽著自己的呼吸，聽著自己的心跳，聽著來自心裡的聲音。我下了一個決定，並且清楚自己將義無反顧堅持到底。

我起身，回家，老爸出乎意料已經睡死，空蕩的房間傳來深長而均勻的鼾聲，我把僅有的幾件衣服收進背包，帶上所有的課本及參考書，摸摸口袋裡僅有的七百塊，轉身出門，差不多該是母親下班的時間，我刻意等了一會，無論如何，要說聲再見。

「你？」媽媽狐疑而略帶訝異的眼神一下子就轉為泛紅。

「我得離開，再耗下去，我的一輩子就耗盡了。」我溫和而堅定地說：「我得離開，得先強壯，才能回過頭來拉妳們一把！」

「嗯，有錢嗎？」母親掏出身上僅有的一千多元塞給我，我抽了一張五百元，其餘再塞回她的手裡。

「夠了，我可以的，不用擔心，一切都搞定後，我會打電話到公司給您。」

「嗯，保重，我……我支持你！」母親顫抖地捏了一下我的手，「加油！」

我大步離開，沒有眼淚，背包掛在肩上，異常的輕鬆，我知道接下來的生活不會太容易，但我一點也不害怕。走向臺汽車站的途中，我念國一的妹妹騎著腳踏車迎面而來，剛下課的她遠遠就看見了我，她定定地盯著我，彼此眼神對眼神交換了些什麼，然後，直到擦身而過我們都沒有停下來，她繼續往前騎，我繼續向前走，彼此都頭也不回。

多年以後，當我們再聊到這段記憶，她說：「哥，我那時一下子就都明白了，其實，我知道你早晚會走，因為我們也好想走。」

上了客運，到了臺中，我打電話給那時正在高雄準備重考的高中死黨，簡單問了住址，就搭上南下的火車。到達高雄火車站已是深夜，輾轉到了他住的地方，他沒多問什麼，彷彿一切都在意料之中。他帶我穿越一樓的店面，上到了他二樓的房間，我環視一周，雖然是租賃的學生套房，但顯然屬於高檔價位。

「先住下吧，房東有意見再說。」他一如往常的非常夠義氣。

第二天，我打了電話給我高中時地理科的陳淑香老師尋求協助，早在就讀南一中時期她就非常關心我。我向她說了我的狀況，她要我隔天到臺南市找她。我告訴她，為了省錢，我不出火車站，請她買月臺票進來。

我永遠記得當我看見她微捲的頭髮從月臺地下通道逐漸浮現時的心情，是那麼激動而洶湧。她身子略微搖晃，因為雙手各提著一個飽滿的塑膠袋，使得矮小的身軀略顯吃力，我迎向前，接過提袋。

「買了些換洗衣物給你，還有，牛奶記得泡。」

「喔，老師，我……」

她接著從包包裡拿出一只信封。

「先去補習班報名，其餘的留著生活用。」

「我……老師，我一定會還您。」

「你會還給我更多的，我相信！」

第三天，房東就來了，她要求我分租一半，不然，就得另尋住處。我對她說我注意到了一、二樓之間有間儲藏室，就在樓梯間的轉角處，「可以租嗎？」

「那是一樓洗衣店的儲藏室耶，我問一下。」

後來我以每月一千元承租了那間儲藏室——我未來半年的容身之處。那個美其名為房間的儲藏室，長約二公尺，寬只容我以大字形滾兩圈，至於挑高，很有趣，我坐在地上剛好頂著天花板。外有兩扇拉門可以進出，裡頭則是一扇小小的窗可以通風，大概是兩張A3紙的大小，但，夠了。

至於補習班，我只報名了較弱的數學科，還有幾次的模擬考，原因除了我相信自己可以搞定其他科目之外，當然是為了省錢——我沒有時間再去攤攤賣滷味，因為距離聯考不到六個月，我得全力衝刺！

我常常趴著讀歷史、地理，躺著歸納英文文法，或者側臥整理國文重點，至於三民主義，則是上下樓梯默記，一則舒展蜷曲的四肢，一則呼吸呼吸免費的新鮮空氣。

更多的時間我選擇窩在我的蝸居裡，左邊是衣服，右邊是簡單的廚具，枕頭後面是散落的泡麵和罐頭，由腳底一直往上圍繞著我龐大身軀的，則是整落整落的教科書和講義，我喜歡這樣的氛圍，被我擁有的一切圍繞著，感覺很安心、很平靜。偶爾我會推開小窗，看著華燈初上或者萬籟俱寂的城市，或者伸出頭，感受寬闊而自由的風拂過臉龐。樓上是死黨的房間，優美的流行樂幾乎每次都會穿越緊閉的窗戶，告訴我最近年輕人都在迷戀著誰，我常不小心就聽到忘我，直到冷氣機規律滴落的水珠提醒我：該縮回去了，該繼續蝸居了，該為下一次的伸展而奮力拚搏，該為下一次的出頭而潛藏埋首。

是的，我相信，深深相信：我會有伸展的一天，會有出頭的機會，一定！

我的選擇

我選擇了高雄師大國文系。

早在國中時，我就下定決心未來要當一個老師，這樣的選擇，除了現實困窘的生活需求之外，更是因為生命中遇見的幾個老師。

國小五、六年級時的導師劉志誠剛從師院畢業，是他教我愛上閱讀，讓我從脫韁的野孩子變成一個喜歡《古文觀止》的文明孩子；國中二、三年級時的導師湯振發是個虔誠的基督徒，他會在我偶爾鬆懈或脫序時，緊緊拉著我的手，嚴厲而真誠地告訴我要為改變貧苦的現在而努力；而高中時期的地理老師陳淑香，除了在學期間經常主動而溫暖地關心我的生活，更在重考的那一年給了我堅定而無所求的支持。

對任何一個學生而言，老師除了傳授知識之外，對生活細節的引導與關心，以及人生方

向的啟發與指點一樣必要，更何況是缺乏、甚至是沒有家庭教育力量支持的弱勢孩子。這幾位老師在我的生命中占了極為重要的地位，或者開啟了我對知識的追求，或者支援了我對生活的需求，或者堅定了我對人生的夢想。不管是哪一種層次，用了哪一種方法，給了什麼樣的陪伴，都讓我在艱苦流離的成長歷程中，不至於成為完全孤單以及失去希望的孩子，更重要的是，他們的對待，讓我擁有追求夢想的信念與實現夢想的能力！

於是我進入了師範體系，接受成為一個教師所必須要有的專業訓練。

大學四年，家裡的經濟狀況並沒有任何好轉，甚至是更差。我始終清楚自己仍然要繼續自力更生，甚至很早就預知必須要負擔家計或者債務。所以我的家教生涯在新生訓練的兩天後就開始了，此後四年，我沒有停止過每個禮拜至少四個晚上，每個晚上三個小時的家教行程。大一那年，我還沒有自己的機車可以「跑攤」，車子來自於我的室友——我南一中時的隔壁班同學，雖然素昧平生，但他在我們相認不到兩天之後，就大方出借他的「名流一百」作為我的謀生交通工具。接過生平第一份家教薪水的那刻，我興奮得想要尖叫，時薪二百五十元對我而言，像是獨得上億樂透彩金一樣巨大，因為高中時滷味攤的工作，一小時鐘點費只有四十元，而準備重考時的手工皮包工廠，一天上班八小時也不過五百元。從某種程度來說，我感受到了知識的珍貴，感受到了書中自有黃金屋的真實，更重要的是，感受到了身為一個老師起碼會有的尊嚴！即便自己只是一個還在學的家教老師，絕大部分的家長對我都相當尊重，當然偶有例外的刻薄或尖酸，但舒適明亮的環境、安心靜謐的空間、微溫或者冰鎮的茶飲，甚至是沁涼透心的空調，這一切都讓我受寵若驚並且格外珍惜。

偶爾等紅燈的片刻喘息時間會讓我短暫陷入怔忪，如果人生就此停住，該多好！沒有惱人的爭吵，只須定時寄回現金貼補家用或者匯款應付不令人意外的種種索討藉口；沒有令人憤恨難平的酒醉後當眾指著臉唾罵，只須定時打個電話短短報平安或者忍受話筒那端沒來由的三字經五字經七字經；不必羞赧地為了酒債、賭債到處賠不是，只須婉拒同學朋友玩樂聚會的邀約，或者犧牲打球、睡眠的時間而努力賺錢。

我逃避般地甘之如飴。

我並沒有認真地思考過未來的落腳處，即便是快畢業了，就要成為一個正式的老師，對於當初所謂的「當我強壯了，就回家拉妳們一把」這樣的承諾，我也逃避般地選擇忽略。每年漫長的寒暑假，我總是以家教不能停課為由，繼續待在學校宿舍，就算只是和隔壁班的死黨以一顆十元的高麗菜混著百來顆家樂福廉價水餃解決早午餐，我也覺

得幸福而完美。

我逃避應該做的下一步選擇，也或者，選擇了逃避。

家教鐘點費隨著我對於教材的日漸熟悉，用心於教法的創意運用，努力於經驗的豐富老到而與日俱增，每個月的收入已經穩定且衝高到可以游刃有餘地解決家裡的龐大負債，不自覺，堅定了我一定會出頭的信念，也體驗了我一定會有一個舞臺可以伸展的美好。我一心盤算著留在都市當一個名師，賺更多的錢，只要能滿足家裡的開銷，我就算不回去南投，應該也不算過分，應該能被所有人接受吧！

聰明伶俐的都市小孩、充足便捷的學校資源、進步文明的教學環境，或者說所有我接受過、學習過的專業而多元的學院派教育理論，都讓我對於留在城市面對即將到來的職場挑戰，充滿無比的信心和無窮的想望。我想成為的是一個站在講桌前自信風趣、展現教學專業的老師，身邊圍繞的是一個又一個被家長熱切期待且全心投資的孩子，我會舞弄我的專業知識魔法棒，讓他們折服，讓他們驚嘆。這四年來，我一直被這樣訓練著，加上我的聰明與用心，我對於這樣的未來，堅信不移。

為了這個未來，我做了一切可能的準備。

所以，留下來，留在高雄市或者其他類似規模的城市，將是我的選擇！

第三章　過客

問題是，由得我選擇嗎？

我穿過那些三三兩兩梳著半屏山髮型，以阿桑「酷勢」蹲著的女孩們，踩著沉重的步伐，準備前往報到。

幾年後我才確切知道了一些數字：中寮鄉是全南投稅收最少的鄉，也是全臺灣幾個最貧窮的平地鄉（註1）之一，同時更是全臺灣唯一沒有省道經過的鄉，唯一沒有也不需要有紅綠燈的鄉。

如果我們以 7-11 的數量來評估一個地方的消費力，那我可以告訴你，直到目前為止，整個中寮鄉一間 7-11 都沒有，更殘酷的是，連阿里山鄉都有了，還拍了電視廣告，而中寮鄉，是的，一間都沒有。

我無意替 7-11 宣傳，有沒有 7-11 也不是多重要的事，柑仔店也可以是你家——我只是想告訴你，這裡真的很窮。

整個中寮鄉被地形地勢分割為南中寮、北中寮，兩地之間僅以一條約需二十分鐘車程的產業道路相連，所有的行政機關都在南中寮，如果你住在北中寮，想到鄉公所或者戶政事務所辦個事，又不想繞那二十分鐘彎曲狹窄的山路，你可以有另外的選擇：開車到南投市，從另一個方向再繞進南中寮，不但較為寬敞舒適，而且只需十八分鐘。

爽文國中就在北中寮，七〇、八〇年代曾經因為香蕉產業而繁榮一時，但後來也因為蕉蟲事件（註2）一蹶不振。這十五年來我所觀察到的現象是：整個北中寮的長期住民，絕大部分是老弱婦孺，年輕的要出外謀生，有些錢的會搬離另尋出路，留下來的要不「做山」，要不養老，或者無所事事。也因此這裡的孩子來自於弱勢家庭的比例始終居高不下，可以調查得清楚的，大概是六〇%左右——包括了單親、依親、隔代教養、低收入戶以及最近幾年逐漸增多的新臺灣之子。

這當然不是我想要的選擇，我說過了，我要的是文明進步或者充足便捷，不然，至少也要聰明伶俐。

註：
1. 平地鄉：原住民比例低於七〇%之鄉鎮。
2. 蕉蟲事件：人稱蕉神的吳振瑞被汙衊為蕉蟲，甚至被捕入獄，之後臺灣香蕉對日輸出量大減，價格下跌，蕉業從此衰落，人稱蕉蟲事件。

這裡當然不是！

但，由得我選擇嗎？

師大畢業前，選填志願的關頭，我鼓足勇氣打了電話回家，擬好了所有應對進退的說詞，我準備攤牌，表明想留在高雄或者其他都會區。在我滔滔陳述的過程中，媽媽並沒有太多反駁，讓我有點心虛，像出拳打中棉花一樣，但我仍然急切想要知道答案，我需要媽媽的支持，就像她當年支持我離家一樣。

「可以嗎？」

「你高中在臺南。」

「嗯。」

「大學在高雄。」

「嗯。」

「如果教書不在南投……」

「嗯哼。」

「會不會一輩子都不回來了？」

「……」

我虛弱地掛上電話，虛弱地妥協，虛弱地接受這由不得我的選擇。

南投，對我而言，陌生的不是地名。大學最後那兩年，我有時候騎著機車沿著省道回家，我知道過了斗南要右轉林內，然後會接到竹山、名間，看到貓羅溪就知道快到家了。我也曾經單騎走訪合歡山，停在武嶺喝了一碗要價五十元的貢丸湯。甚至，我還寫過一首關於霧社事件的新詩，詩裡描述了眉溪、人止關這些美好的名稱。

陌生的是人群，是空氣，是氛圍。

我從沒有想過，或者精確地說，我從沒有真正接受過有一天可能會來到南投落腳的這種想像。

王組長？

我真的得快一點找到一個可以報到的地方。

因為實在是不好找，沒有標示，沒有指引，整座動物園像是一間超大型迷宮，我左轉右轉，後悔剛剛沒有問一下那些男男女女。

多轉了兩圈後，我終於從幾棟平房的縫隙之中，找到了進入校園主體建築物的路。清一色二層樓的老舊建築，以L形圍抱著集合場，椰子樹群之外是紅土操場，很空曠，很荒蕪。集合場中央的蔣公銅像吸引了我的目光，因為銅像的頭頂上滿是青白鳥屎的新舊痕跡。二樓走廊外斑駁的鐵欄杆看得出原來的紅色底漆，但鏽蝕得實在有點嚴重，感覺風一吹就要掉落。L形較短那一端樓上的教室應該很少使用，灰撲撲地蒙上厚厚沙塵，而樓下相較於眼前這一長排的陽光明亮，則是陰暗許多。

我向前幾步，有個略顯行動不便的長者迎面而來，客氣地詢問：

「你是？」

「我是來報到的實習老師。」

「歡迎歡迎，要不要進來總務處坐一下，我是總務主任。」

「主任您好，我想先到導師室。」我想先尋求同事的溫暖慰藉。

「喔？那，好吧。」他狐疑地頓了一下，「往前走。」

「喔，好。」

「左轉第一間。」

那不是最暗的那一間嗎？

導師室怎麼會是整個學校裡最暗的那一間？又怎麼會離教室那麼遠？導師室不是應該明亮而溫暖，讓學生願意前往，而且還要離學生很近，讓學生隨時能很快找到老師的地方嗎？

就算是鄉下學校，也應該要是這樣啊！

我循著方向往前，忽然，樓梯口轉出了另一位長者。頭髮灰白，平頭，花襯衫整齊紮進白色長褲，黑皮鞋油亮，好一個光可鑑人。

「王組長你好！」他熱切地打招呼。

「啊？」我回頭望，沒人啊，所以是我嗎？「你好，我是今天報到的王老師。」我加重了「老師」這兩個字的尾音。

「喔，不，王組長，非常歡迎你來爽文國中。」長者堅持「組長」這兩個字，絲毫不讓步。

「我？組長？」我沒有升官的喜悅，只有不安的納悶。

「是啊，王組長，訓導組要麻煩你幫忙了。」好個打蛇隨棍上。

「訓導組？幫忙？」我夢囈似的只能不斷重複他的語句，像牙牙學語的稚兒。

「郭組長當兵去了，要麻煩你幫忙了。」他再次笑容可掬地請君入甕。

「幫忙是可以啦，我願意有空的時候多幫忙、多學習。」社會經驗豐富的我，回神打出太極。

「喔，不，王組長，你誤會了，也不是幫忙啦，基本上整個訓導組都是你負責。」他收斂笑容，極其權威一副我說了算的樣子。

「負責？請問你是？」要我負責，誰可以要我負責？不安逐漸轉為焦躁。

「我是校長，再次歡迎你。」又笑了出來，「王組長！」

「是，校長，我……我會全力以赴！」還能怎麼辦，實習成績要經過他蓋章的啊！

「那訓導組……我只聽過訓導處耶，校長。」

「喔，小學校嘛，六班規模的編制都是這樣的。」

「喔，是是是，所以是名稱的問題，我懂了。」不過就是訓導處的某一組罷了，我自恃「漢草」不錯，應該不難勝任。「校長，所以我是負責哪一組？」

「訓導組啊！」

「是，我知道，我的意思是，訓導處的哪一組？」

「哪一組？就訓導組啊！」

「那負責的業務是？」換個方式問好了，校長可能不明白年輕人的邏輯。

「就訓育、衛生、體育、生活輔導四項業務。」

「訓育、衛生、體育、生活輔導？這不是訓導處的所有業務嗎？」我一定瘋了，不然怎麼會幻聽？

「是啊，訓導組就是訓導處啊，我剛說啦，小學校嘛！」

我一定瘋了，這幻聽怎麼那麼清楚？

「謝謝你喔，王組長。」他拍拍我的肩，看了我一眼，轉身離開。

他拍我肩膀，而我知道他拍了我肩膀。

所以不是幻聽。

是真的！王組長！

解脫

從此，每天我開著貸款買來的二手喜美繞過蜿蜒的山路，到爽文國中當我的王組長。我不必再盯著雙黃線，也不會誤闖中寮鄉的公墓，那座大型動物園也逐漸褪去神祕的色彩，日益清晰地原形畢露在我眼前。

全校約莫一百四十位學生，十二位老師。那L形建築物長的這一頭是行政辦公室和教室，短的那一頭則是包括音樂教室在內的幾間專科教室和導師室；集合場不大，前頭有一座小小的司令臺；往下走是操場，操場中有兩座籃球場；跑道盡頭則是永遠有破掉窗戶等待修理的老舊活動中心。校園四周除了L形這兩棟建築外，其餘都被錯落的墳墓圍繞著，墳墓和建築物之間是高高低低的林木，鳳凰木、榕樹和竹子占了最大宗，而林蔭底下則是怎麼也除不盡的及膝野草。

印象中，只要雨下得大一點、久一點，整個學校就彷彿被泡在水裡，溼漉漉而黏答答，特別是操場的紅土跑道，久雨過後一定會快速布滿青苔，不知道是什麼原因。曾經有一次我開車闖上了積水不退的跑道，稍微一踩油門的結果就是整輛車在跑道上漂移，方向盤和煞車完全不聽使喚，我只得聽天由命讓它自然「迫降」，還好，草夠長，咬進輪胎和底盤之間，將我這條小命拉了回來。

即使不太會下雨的冬天，卻總是覺得有股霉味由我體內發散而出，如影隨形。雖不至於潮軟了文件，也不至於潤溼了木櫃，**但就是一直覺得我的四肢、軀體，甚至靈魂，正**

以緩慢且可察覺的速度，一寸一寸的，逐漸沒入泥淖裡。

很詭異的是，這麼多年過去了，直到現在，我還是可以清晰地回憶起這些校園建物分布位置，也記得那種潮霉的氣味，但怎麼也想不起來到爽中的頭三個月，我說了什麼？做了什麼？

王組長——也就是我，第一次面對學生集合時到底說了什麼？站上司令臺的初體驗，放學引導路隊，期初校務會議，甚至是上第一堂課……我完完全全沒有任何記憶，一丁點畫面、一絲絲線索都沒有。

我只記得不常生病的我，九月就感冒了，直到十二月，我一直斷斷續續地吃藥、看醫生。每天傍晚過後就開始胸口鬱悶，到了八、九點氣管逐漸緊縮，然後「蝦龜」，沒辦法平躺，一躺就快喘不過氣來，只能半臥著，靠著床頭靜靜地等著入睡。我應該是疲累不堪的，四個組耶，怎麼不累，但我常常終夜閉目難眠，母親不時擔憂地問我還好嗎，我只能回以無奈的笑。

高中、大學時擔任籃球校隊不動先發的我，高雄市某個社會組壘球隊的當家游擊手兼中心打者的我，過去每天不停工作、熬夜念書、領導風燈詩社（高師大現代詩社）復興，忙碌轉個不停但始終精神奕奕的我，王組長，怎麼會氣喘？怎麼會久病不癒？

我大概都是模模糊糊地睡著，然後更為疲累地醒來。等到太陽漸暖了，氣管開始舒緩，呼吸隨之逐漸正常，「希乎希乎」的聲音才慢慢消失。

每天都是這樣，整整三個多月！

每天每天繞著蜿蜒的山路，我都在想：我要怎樣才能解脫？

駑鈍、撒野、蠻橫、草根、粗魯、不想學習、沒有悟性的學生，封閉、保守、落後、疏離、推諉、不想投入、沒有熱情的同事，陳腐荒蕪、殘缺老舊、克難不想改變、沒有未來的環境，就像這彷彿永遠繞不出去的蜿蜒山路，每天我都得無奈地由文明駛入，每天我都得鬱悶地自城市轉進，每天我都在放學的時候幻想不用再回來，**每天我都在黃昏的時候仔細而認真地想：我要怎樣才能解脫？**

直到有一天，收音機裡傳來張惠妹的〈解脫〉，寫實的歌詞瞬間讓我凍結！

「解脫，是肯承認這是個錯！」

原來，解脫就是得先承認自己是不自由的。

因為承認了，然後才能認了。

OK，我認了！
這是個錯誤的選擇，我認了！
於是，我終於解脫了！

後天運動會？

說也奇怪，自覺解脫了之後，關於接下來在爽中的記憶，突然鮮明起來。

記得有位老師上三年級後段班的課時，總是一腳站在門內，一腳站在門外。

所謂後段班，其實也沒有後到哪裡去，因為一個年級總共也才兩班，之所以稱為後段班，只是因為這樣稱呼比較符合一般學校習慣的分類。事實上，在這個學校每年高達七成以上的畢業生成績只有私立高職可以念（或者可以混），前段、後段真的沒什麼太大差別，最窮的只能念最貴的，在這裡，真的很一般、很平常。

一開始我很納悶，為何那位老師不進教室裡去上課呢？

後來我才明白，這位老師習慣性地「欺負」一年級新生。某天早上，我親眼看到有位一年級小女生飛奔前往校長室，經我攔住詢問，才知道她被那位老師甩了一耳光。

「為什麼打妳？」

「我就趴著。」

「為什麼上課趴著？」

「因為他一直在念經啊。」

「喔……」我遲疑，因為上課像念經在這裡不是新鮮事，「但是……」

「他叫我坐好，我就回他啊！」

「回什麼？」

「我就說他只會欺負一年級，怕三年級怕得要死啊！他就衝過來打我一巴掌。」

「喔……那妳現在……」

「我要去找校長啊，要去告訴他啊！」

套句電影臺詞：「出來混，總是要還的。」

一年級的時候欺負人，到了三年級，自然是要還回去的。

那位老師的確拿三年級沒輒，事實是沒幾個老師拿三年級那一班有辦法，即便是二年級，也有不少凶悍到令大部分老師只能躲得遠遠的學生。

於是，他就只能站在門裡門外的交界念著課文，如果踩進去，便會有書啊、筆啊、鞋子啊什麼的夾雜著三字經、五字經、七字經丟上講桌來，吼著要他：「給你爸出去！」但如果跨出門，教導主任巡堂又要記他曠職。如此為難，他只好折衷地守在中間，兩方都不得罪。

這班三年級的學生，每個禮拜有一天要到當時草屯很「有名」的那所私立高職上技藝課，學些烹飪之類的課程。有一天，在他們搭著那所高職派來接送的校車離開之後沒多久，我突然接到司機打來的電話。

「老ㄙㄨ，你們的學生不見了！」

「不見了？不是都在車上？怎麼不見了？」

「就開到一半的時候，有個學生說他家就在附近，要下車回家拿個東西。」

「然後ㄌㄟ？」

「我車一停，門一開，全班就都衝下去了。」

「衝下去了？」

「都跑光了。」

我的天啊，全班都跑光了？

我不知所措，立刻稟報教導主任，教導主任也不知道該做何處置，又不敢聲張，只得分頭到村莊裡去找人。

一陣兵荒馬亂地找了半天，像無頭蒼蠅似地在村裡繞著，不見蛋就是不見蛋，只得回學校等著，正猶豫該不該連絡家長。

突然，一個學生出現在集合場。

「去哪裡了？」我大喝。

「玩水。」

「其他人呢？」

「晒乾就會回來了。」

「晒乾ㄌㄟ，去給我叫回來！」

「不用叫啦，他們說要回來吃營養午餐。」

是的，營養午餐，不然他們回家能吃什麼呢？

類似這樣的荒謬劇情其實經常在學校裡上演，只是戲碼常換，讓我不至於太無聊。

比如說：運動會的那一場。

說真的，我已經忘了第一年的運動會到底辦了什麼活動，但令我印象深刻的是事前籌辦的那一段。

首先，是學生告訴我應該差不多要準備辦運動會了——對，是學生提醒我的，而不是什麼會議告知或者行事曆記載的，更不是我在交接資料上發現的（很好笑的是，我沒有被交接，也不知道要交接）。

堂堂一個管理四個組的王組長，直到九月開學都沒有見過郭組長——就是那一位當兵去、和我一樣來實習的年輕老師。沒有，真的沒有！

接著，我憑藉著自己從國小國中一路到大學參加過無數次運動會的經驗，開始發揮想像力及記憶力，亂抓一把地開始籌劃，比如說：畫跑道線。

是的，操場跑道平時沒有線。**Fine, it's ok!** 我來畫！

但我找不到可以用的畫線器，兩具手推的殘兵敗將：一部缺輪子，一部破了個洞。

Fine, it's really ok!

我找了幾個國三生到後山砍了竹子，劈成四段，綁成井字形；接著，我要學生三個人一組，第一個學生背著這個自製的智慧結晶，沿著操場最內緣走，竹管在地上拖出一條淺淺的痕跡，第二個學生就慢慢灑上滑石粉，第三個學生跟在最後再澆點水，讓滑石粉凝固。

Bingo! 有了！這不就是跑道線了嗎？

畫完第一條之後，再挨著第一條畫第二條，這不就搞定了嗎？

創意來自克難嘛，《天下雜誌》說的啊！

讚嘆了我的完美創意之後，我對學生說：「我去忙別的，你們繼續畫。」

不到半小時，慘劇就發生了。

「老師，老師！」學生邊叫邊把我拉出辦公室。

「怎麼啦？」

「你看、你看，老師，你看！」

畫得還挺好的啊，雖然有不少歪曲的線段，但站在教育者應該鼓勵學生的立場，我還是說了聲：「不錯啊！」

「你再仔細看，老師！」

我定神細視，忽然腿軟。

怎麼東側六線道，西側五線道，而且兩端還能完美地以弧形雙翼無縫接軌？

我還來不及沮喪，忽然聽到呼喚我的聲音，是總務主任。

「王組長、王組長。」

「什麼事？」

「運動會不是要到了嗎？」

「對啊，所以我在……那個，嗯，畫跑道啊！」

「你怎麼沒開籌備會？」

「籌備會？」我連公文要簽哪裡都不知道了，還開籌備會ㄌㄟ！

「你沒開籌備會，我們怎麼知道要做什麼！」

一個在校服務二十幾年資歷的主任對一個到校未滿四個月的菜鳥組長說：

「你沒開籌備會，我們怎麼知道要做什麼！」

我頹喪地走回辦公室，沒多久，分機響了。

「喂，訓導組。」

「王組長啊，你過來一下！」是校長，好久不見的校長，他那一陣子一直忙著縣府交辦給他的任務，不常在學校出現。

掛上電話，我火速前往，畢竟機會稍縱即逝。

「報告！」

「進來！」校長頭也不抬地回應我，兀自忙著。

「校長您找我？」我恭敬地問，他終於緩緩抬起頭，微笑看著我。

「我們後天運動會啊？」

「喔，不！校長，是下禮拜！」

不要再問我籌備會的事了，我只想先去把跑道線搞定！

我的沙拉油

我的確只想解決所有正在發生的事情。

包括為什麼六條跑道會變成五條？為什麼上課時間總是有些學生在外面閒晃？為什麼教室窗外的水溝總是有菸蒂？為什麼掃地時間我會聽到儲藏室傳出吹狗螺似的小喇叭聲，我抓著從裡面大搖大擺走出來的僅有的一個學生問他：「掃地不掃地，你為什麼要吹小喇叭？」

他似笑非笑地回答我說：「你是哪一顆眼睛看到我吹小喇叭？」

「我明明就有聽到！」

「但是你有看到我吹嗎？」

「裡面只有你一個人啊！」

「啊你是有看到我吹嗎？」

「不是你，不然是鬼喔！」

「有可能啊，這裡到處是墳墓！」

我抓著他的衣領用力扯過來，握緊的拳頭幾乎就快忍不住招呼上他的臉，他的鼻子貼著我的鼻子，平靜的眼神望著我，淡淡地說：「來啊！」

那位行動不便的總務主任緩緩地經過我們身邊，瞄了我們一眼，又緩緩地走過。學生們三三兩兩地在遠處近處看著熱鬧。

我頹喪地放下手，轉頭離開，身後一時傳來許多人七嘴八舌圍著那位二年級的「頭人」，也就是「老大」，叫著：「大仔！大仔！」

我的確是聽到了，但我一點也不想回過身去。

我一點也不在乎！

不在乎他們繼續囂張，不在乎我的面子蕩然無存，不在乎什麼叫做合乎教育理論的師生關係處理，不在乎什麼才是懷抱著教育愛的神聖使命，不在乎什麼鬼扯的師道，不在乎什麼狗屁的專業師資養成。

我一點也不在乎這天殺的鳥地方、鳥學校、鳥學生！

我只想解決每一天都會在眼前發生的這些鳥事，然後拍拍屁股，走人！

我所謂的「解脫」，就是以這樣無比堅強而且與日俱增的信念支撐著。

沒有行政處室橫向的聯繫及支援，我這個菜鳥組長能幹嘛？沒有導師的班級經營，我這個訓導組長能幹嘛？沒有可以參考遵循的業務辦理準則及交接傳承，我這個初來乍到的行政新兵能幹嘛？

你說，我能幹嘛？

連家長都不知道跑到哪裡去，我到底能幹嘛？

某一天教導主任突然指著一份公文提醒我：「王組長，要辦親師座談喔！」

「親師座談？那我要準備什麼？」

「發通知單。」

「然後呢？還有嗎？」

「就這樣。」

「就這樣？」

「對啊，就這樣。」

「不用準備場地、資料、茶水什麼的嗎？」

「不用！」

「為什麼不用？總務處會處理嗎？」

「不用啊，因為不會有人來——除了三甲，不過，人很少，二、三個而已，導師會自己解決。」

「不會有人來？那為什麼要辦？」

「規定要辦啊！」

「可是不會有人來啊！」

「對啊，但是這是上面規定的，一定要辦的。」

我不知道這種不會有人來，但是上頭規定一定要辦的親師座談已經這個樣子多少年了，回家後我把這件詭異的事情向我媽說了，當作又一宗的「爽中趣談」。但我媽這回倒是有點興致了，她認為親師座談可以讓老師和家長聊聊學生的狀況，挺不錯的——我當然知道挺不錯的，但是不會有人來啊！

「要不要送沙拉油？」

「沙拉油？」

「我們那個里民大會都嘛會送小東西，米啊、味精啊什麼的，歐巴桑都嘛很喜歡！」

「沙拉油？」

後來在我媽的鼓吹以及「親情贊助」之下，通知單上真的附註了：「來就送沙拉油！」

果然，回條圈選參加的人數激增，來到十四個！

十四個耶！不知道有沒有創下爽中親師座談出席人數的新里程碑，但，真的有效耶！

座談會那天，風和日麗，六個班的教室裡都有二到三個家長，笑咪咪地和導師在閒聊著，眼睛餘光不時瞄著桌上的那瓶大豆沙拉油。我站在集合場中央，心滿意足地享受著這半年多來難得的成就感。

突然，一輛野狼一二五疾馳而來，車上一個歐吉桑看到我急忙煞車大喊：「老ㄙㄨ，沙拉油去哪裡領？」

「你是哪位學生的阿公？」

「姓李的啦！沙拉油要去哪裡領？」

「你要先參加親師座談，才能領喔！」

「蝦咪親師座談，沙拉油ㄌㄟ？」

「就先跟老師聊聊天啦！」

「先給我沙拉油啦！」

我心想，鄉下人忠厚老實又誠懇，應該不會騙我，於是拎了一瓶給他。

誰知他一接過手，龍頭一扭，油門猛催，頭也不回的，走了！

我在後面大喊：「阿公，親師座談在這裡啦！」

「好啦，好啦，下次一定再來啦！」中氣十足的聲音隨風遠去卻依然清晰可聞。

「Shit! 我的沙拉油！」

滿載的校車

令我感到 shit 的不只是被 A 走的沙拉油，還有每天繞著蜿蜒的雙線道，迎著刺眼的陽光戰戰兢兢地開車入山。

上學是朝陽，放學是夕陽，不偏不倚剛好都衝著視線而來，讓我已經夠小的瞇瞇眼幾乎張不開來，說是雙線道，其實某些地方窄到不行，如果剛好又遇上大卡車或大巴士，常常會讓我忍不住大喊：「Shit ㄌㄟ！」

是的，大巴士。每天上學放學，我和我的小白總是會和三輛大巴士貼身共舞而過。那三輛大巴士就是草屯、員林地區三所有名的私立高職校車，當時人稱「三德」。所謂的「有名」，不好意思，我必須說，絕對不是好的那一種。

從刺眼的陽光裡突然冒出的車身常讓我搞不清楚到底哪一部是哪一部，更何況我還「皮皮挫」忙著閃車。直到有一天，我在夜市買了一副廉價但是酷炫的太陽眼鏡，才讓我終於看清楚哪一部是哪一部，但不管哪一部，車上的學生都是滿載。

滿載的私立高職校車，車上滿滿都是一屆又一屆的爽中畢業生，啊，我們爽中是三德先修班嗎？

私校不是學費很貴嗎？爽文地區不是很窮嗎？

怎麼會最窮的都只能去念最貴的？

我避免去想這個問題，因為我知道問題不在我身上，也不是我能解決的。心存解脱的我雖然一心一意等待著離開的那一天到來，但並沒有忘記我在教學上所受的專業訓練，不管是師資培育或是家教磨練，對於教學我一向有自信，我所厭惡的是全然陌生又得不到支援與協助的行政組織。

這一年，我在爽中認真而專業地執行教學，但我也知道，這樣是不夠的，整體氛圍、整體策略、整體環境如果沒有改變，再專業的教學，成效也是非常有限。

那就像一場拔河，繩子的那一端是薄弱的家庭支持，是無心的課堂教學，是應付的行政體系，是敷衍的學習策略，是陰暗的導師室，是後天就是運動會，是被A走的沙拉油，以及或躺或臥或蹲在荒煙蔓草裡的學生。

而這一端只有我，那又能如何？

或者有二或三個和我一樣的我，那又如何？

我用心地準備著每一堂國文教學，但往往不太能派上用場。因為我得花很多的時間教他們寫出正確的字音、字形，教他們分辨並念出正確的四聲調，教他們不要用非常鄉土的臺語用詞解釋文言文或者白話文，更別提我得教他們回家寫作業這件事——絕不是給老師一個交代、給老師一個面子或者和老師交一個朋友！

講到唐詩裡的邊塞，我除了得嚴肅地澄清它與「棒賽」完全無關之外，還得畫出一整個中國地圖，標出長城，鋪上沙漠，種上幾棵楊柳，養上幾隻駱駝，才能讓他們稍微開心一點。

講到《論語》裡的之乎者也，我除了得鄭重說明「詞性」與唱歌很好聽的「磁性」完全無關之外，我還得邊跳邊跑地教「動詞」，指東指西地教「名詞」，扳手指數人頭地教「數量詞」，至於助詞、介詞，不好意思，他們會很「盧」地說：

「既然老師你說虛詞是沒有實質意思的，那教這個幹嘛？」

套句他們的臺語口頭禪之一：「某一某四啦！」

最「某一某四」的，應該是整個教育體制，或者說是政策為這種偏鄉學校準備的師資。

當時整個學校來自於師範體系的老師包含我在內只有三個人，這是因為民國五十七年的九年國教實施之後，無法滿足大量的國中師資需求，於是開放了大專相關科系進入教學現場，即使沒有受過師資培訓，為了有老師可以教學生，也只好如此「將就應急」。

這在沒有人願意來任教的偏鄉小校更是普遍，即便到了現在，還是如此。

那兩位師範體系出身的前輩，都是體育專長，兩位都為爽中付出了一輩子青春，一個包辦了許多年升學班的理科，另一位也分攤了許多年的國文教學。

至於其他的相關科系，包括了五專或專科的會統科、藥學科、觀光科等，而那一位站在門邊上課的，是農專畜牧科。

我無意一竿子打翻一船人，也不敢否定許多用心投入教育卻非師範體系出身的老師前輩們，甚至，許多這樣的老師也是投注了一輩子的心力協助偏鄉的弱勢孩子，這當中包括了幾位當時在爽中的同事們。

我無法苟同的，是心態！

相對於我的等待解脫，那時我的許多同事，似乎更習慣於「等待」！

只是，他們等待的，是更遠的解脫！上班等下班，週一等週末，月初等月底，開學等期末。

當然，最終的等待，是在這裡退休。

師範體系不保證「專業師資」，非師範體系也不見得「敷衍了事」。這顯然無關師範或不師範，**而是如果不夠具備專業與素養，又不願意精進與提升；不夠熟悉教材與方法，又不願付出與努力；不夠瞭解策略與經營，又不願改變與投入，那結果會是如何？**

不就是滿載的校車？

戴上了太陽眼鏡，除了讓我看清楚之外，還可以掩飾我的看清楚。

因為看得愈清楚，愈顯得我的渺小與無能，也愈顯得我的等待解脫與同事們的等待，沒有什麼不同！

你什麼時候回來？

我能有什麼不同呢？

撇開行政工作不談，我不過是盡一個專業的老師應該盡的責任而已。

我專心地在課堂上從最基本的聽說讀寫著手，才不管什麼進度不進度，我得先讓他們真正的學會。

如果我是一個司機，這些駑鈍的學生就是我的乘客，理論上來說，教育部規定的學習進度就是我們——我與學生們——的目的地，但如果我油門一踩，頭也不回地往前，到了目的地，才發現乘客沒上車，這樣到了目的地有什麼意義？

換句話說，教育部規定的進度是目的地，還是真正學會才是目的地？

而那個目的地是司機去了就好，還是乘客都到了才好？

這是一個很基本、很簡單的問題，所以答案也很輕易就能明白，只是，這需要堅持，需要很多不被束縛的堅持。

幸好，在這裡，這麼一個偏鄉小校，這麼一個天高皇帝遠的地方，束縛似乎不怎麼存在。

不會有什麼人拿著教學進度表盯著我教到哪裡了，更不會有什麼人管我用了什麼奇奇怪怪的方法教學生，在始終不快樂的行政環境下，那麼沉窒的校園氛圍中，漸漸的，課堂成了我暫時可以自由呼吸的場域。

即使學生能夠回饋的學習成效是那麼有限，**我試著不去看他們可以到達什麼應該到達**

的目的地，而是感受他們離開了起點有多遠；我試著不要用被訓練的標準測量方法去丈量他們被規定應該要到達的距離，而是透過更多不同的方法來發現他們蹣跚前進的軌跡。

學生的眼睛開始有些微的靈光一現，我謹慎地抓住那稍縱即逝的瞬間，給予再多一些的火花；課堂的氣氛開始有些許的流動對話，我竊喜地掌握那孱弱微薄的脈動，灌注再多一些的激盪。

我不厭其煩一次又一次提醒寫對字、念對音、搞懂解釋的重要與必要，用最土法煉鋼的方式下手：寫圈詞、盯筆順、背解釋、抄課文；我壓抑不耐一次又一次說明文章怎麼看、作文怎麼寫，從最基本原始的策略著手：寫造句、說大綱、畫主句、仿修辭。

我用〈兩隻老虎〉的曲子讓他們填詞，體會有意義的詞語與斷句之間的關係；我用胡亂瞎掰的手語讓他們比出〈兒時記趣〉的課文，讓他們領略文言文豐富而生動的語彙內涵；我要他們寫一封信並寄給我，向我要段考分數，不需要八股的制式用語，但是要有禮貌、要能說清楚自己要幹嘛，並且說服我；我要他們學倉頡造字，可以是一邊聲音一邊意義，或者組合出各種意義，只要說得出道理，就編入我們班的《爽中大字典》，入選愈多，禮拜六的焢窯，可以吃到愈大條的番薯。

是的，焢窯，那麼鄉下的孩子，竟然不太會焢窯，這怎麼可以？

記得是下學期開始的。我帶著他們去焢窯了三或四次，他們這才見識到我號稱「堆窯神手」的絕學，並且很驚訝地發現，原來雞蛋要包裹著厚厚的泥巴才可以丟入窯裡，原來土豆經過滾燙泥土悶燒後的香味是那麼迷人，原來窯裡還可以放秋刀魚，甚至，原來這就是土窯雞！

土窯雞的肚子裡塞蒜頭，原來噴香到爆漿啊！

最後一次的焢窯是在期末段考隔天，酷暑讓田地旁邊的那條小溪格外誘人，在學生們的起鬨之下，我脫了上衣，露出羞澀的身材，一起和他們跳入不是那麼乾淨的河裡——是真的不太乾淨，因為我隱約看到翻白肚的青蛙飄過我們的身旁，那青蛙顯然不是溺死的——但這不是重點，重點是他們完全視若無睹，繼續朝著我潑水，我只好也視而不見地猛力還擊。

愈潑愈凶，愈玩愈激烈，好像非得要分出個勝負不行。

突然間，有位小女生放高音量說：「**老師，如果你輸了，就留下來不要調走！**」

一陣尷尬的靜默。

然後我開始更猛烈地還擊。

我能有什麼不同呢？

運動會過去了，跑道線當然解決了；親師座談過去了，沙拉油當然送完了；滿載的校車過去了，我的解脫，當然，就快要到了！

時序入夏，類似那個小女孩的探詢與測試，像鳳凰花般突然在陽光下爆裂開來，不過，不若響徹雲霄的唧唧蟬聲，多半迎向我的，或者落在背後的，是目光！

或許他們早就習慣了這樣的離開！從國小到國中，三兩位偶然之間被命運捉弄的年輕熱血教師被分派到這裡，不管是不是認真投入，兩三年，甚至是一年過後，就會離開。

或許他們早就反覆地嘗過深深期待但是終究要落空的滋味！那些個看起來好像比較貼近他們生命的青澀菜鳥老師，愈是用心，愈是當一天和尚敲一天鐘，離開的時刻感覺就似乎愈快到來。

或許他們早就明白這樣的宿命！所以沒有用言語發出訊息的勇氣，只有隱藏不住的眼神，像鳳凰花、像蟬鳴、像炙熱的夏日豔陽，簇擁在我的身前身後，將我緊緊包圍。

或許，以他們貧乏的語文知識，他們從來不曾聽過「過客」這兩個字，但我卻這麼深深覺得，這是他們不必教也會懂、也會明白的兩個字。

我能有什麼不同呢？我不過是個過客！

面對已說出口或怯於說出口的「老師，你什麼時候回來」，我能有什麼不同呢？

七月，盛夏，入伍。

解脫。

第四章　遠離

這裡天氣很不錯，你們那邊呢？

「你們坐那個什麼死樣子？見笑啊，你們！」

臺上致詞的縣議員就住在學校附近，畢業典禮上，他對著講臺前第一排以及第二排多數晃著二郎腿或聊天或玩手指的畢業生們不留情面地開罵，漲紅的臉夾雜著噴濺的幾滴口水，全場靜默了一會，旋即又繼續嗡嗡嗡了起來。

我站在最後面，冷眼旁觀這一切，對我而言，無所謂了，因為我就要離開了。

這是我在爽中參與的第一次畢業典禮，當然，希望也是最後一次。

倒數完學期末的最後一秒，與絕大多數的學生一樣等待著下課鐘聲響起，我主持完最後一次放學，再瞄了幾眼還是動物園一般的校園，我，頭也不回地離開！

新兵訓練在嘉義，等待移防在高雄，上岸在金門，最後落腳在太武山下。

這個小島的風，帶著鹹鹹的滋味，一年四季沒有間斷過地吹著，空氣新鮮得像濾過篩過一樣，令人總是不由自主地用力深呼吸。記得在新訓中心抽到金門這支上上籤的時候，媽媽因為傳說這裡又冷又溼擔心得哭了起來，她無法忘懷我剛回到南投的前半年，那又咳又喘的悽慘狼狽，而金門，據說更冷更溼啊！

的確很冷，我記得第一次站哨的那一個晚上，從冷冰冰、硬梆梆的被窩裡鑽出來，穿上我所有的內褲、內衣，走出位在坑道裡的寢室，往岩壁上的溫度計一看：「十二．五度！」這是我在臺灣不曾看過的數字。當然，在接下來的日子裡，我很快就發現這樣的溫度在這裡的冬天其實是常態，事實上，隔年冬天我還經歷過三．五度的洗禮。而住在坑道裡的潮溼，更會讓冷的感覺多了椎心的刺骨。

神奇的是，我的身體竟很快地適應了這樣的環境與氣候，除了被老鳥依照傳統狠狠地欺負刁難了三個月之外，我幾乎沒有任何生理上的水土不服。不久結束了士官訓，授了階，當了班長，接了參四後勤業務，不到半年就被連長指定接任一般都由志願役擔任的「連士官督導長」，也就是俗稱的士官長，肩上雖然是「飛鏢」階，但胸前卻掛著「一顆梅」。

從二兵到士官長這九個月，我足足瘦了快二十公斤，當我把辦證件所拍的最新大頭照寄回家給媽媽欣賞，卻換來電話那頭一把鼻涕一把眼淚地追問：「誰把你欺負成這樣？」

因為照片中的我雙頰凹陷，黑眼圈明顯得就像吸毒犯。

這樣的「成果」，部分原因是刻意瘦身，但最主要的原因是我一頭栽進接手的參四業務裡面。不知道在拚命什麼，我幾乎天天加班，從十點到凌晨一點，我近乎偏執地把原本混亂到像原子彈炸過的歷史檔案理出頭緒，把國防部當時推動的裝備保管卡管理到幾乎成了金防部的典範；加完班就緊接著上哨，往往三點才睡，不到七點就起床繼續幹活，累了就躲進廁所，坐在蹲式馬桶旁的垃圾桶蓋上小憩片刻。過不了幾個月，業務表現煥然一新，接受大小督導不斷得獎，各級裝備檢查也屢獲肯定，還帶領連隊參加籃球比賽打進最後決賽，甚至參加演講競賽都獲得全島冠軍。

我不知道為什麼會如此愉悅地迎接並享受每一天，特別是在升任士官長之後，參四業務也隨之交接出去，我只需負責督導連上所有的士官班長，這樣愜意的時光，讓我幾乎忘了離退伍還有將近一年的日子。

每天，晨起慢跑，吃完早餐，做完例行的官兵內務檢查之後，我便擁有全然自主的個人時間，而閱讀會占去我大部分的時間，其次是運動，最後，如果倦了，就看信回信。

絕大多數的信都來自於我急於解脫的那個地方的那些學生。

信裡會絮絮叨叨地述說這些日子以來校園裡人事物沒有什麼改變的近況，用那幾乎又退回到原點的語文程度，艱辛地描繪各種細節。

國文課又在念經了，運動會舞龍舞獅好熱鬧，週末假期隨著廟會陣頭去了哪裡，某某學生吸強力膠吸到「爬代爬代」，那個老師又甩了哪個倒楣的小國一耳光，然後又被哪個國三學生堵在廁所門口不准他小便。

「老師，你都沒有放假嗎？」信裡常有這樣的疑問，但我總以金門阿兵哥放假只有八小時，來不及坐船回臺灣為理由搪塞。

「沒有飛機嗎？」他們追問。

「金門霧很大，很難開出去啦！」我繼續鬼扯。

事實上，一直到退伍前半年，我放了三次共三十天的返臺假，但我一次都沒有踏進中寮。

解脫都來不及了，我還跳進去？

除了放假的問題，其餘的信件內容我其實都會仔細回覆。

我會認真地要求他們按照以前我教的方法繼續努力讀國文，並規劃進度要求回報實行結果；我會認真關心他們感到困擾的感情或交友煩惱，並誠懇地提供建議；我會仔細

地訂正信裡多如牛毛的錯別字，並附上回郵信封要他們罰寫後寄給我檢查；我會消化他們那些經常不知所云的關於人生的種種疑惑，並踏實地給予方向指點；我會笑納每逢大小節日一定準時報到的醜不拉嘰的自製卡片，並周到地寄給一人一張精緻的小卡作為回禮。

但我始終沒有任何動機或念頭，想要回去學校看看他們。

日升月落，太武山恆常捲落而下的海風，盤旋或簇擁著防風的木麻黃，澄淨的夜空中或清朗的日頭下，我會散著步，默默等待乘船離開的日子到來。

離開金門，回去臺灣，想辦法，讓解脫變成永恆。

距離退伍還有將近兩百天，學生信末的問句，突然開始不約而同換了主題，不再是放假，不再是搭船或坐飛機，而是一封又一封像說好了似地齊聲開口：

「老師，你什麼時候回來？」

而我的回答，也總是那麼冷靜決絕的——

「這裡天氣很不錯，你們那邊呢？」

老師，你會不會回來？

除了小海島慣常的濃霧，金門的天氣的確很不錯，包括了那一個晚上。

一早，集合點名後，連長一貫平靜的語氣宣布：「臺灣中部發生了大地震，各位弟兄可以打個電話回家探詢一下家人的狀況。」

大地震？能有多大？臺灣不是常地震？會怎樣嗎？

弟兄們其實並沒有太驚訝，包括我在內，在打電話之前，我還一派輕鬆開著玩笑：

「金門怎麼都沒有搖一下啊？」

直到電話那頭傳來驚恐的語氣，我才略略感到不安。

「倒成一片啊……到處在起火啊……」我爸急促得上氣不接下氣。

「真的嗎？金門都沒有——」我狐疑。

「電斷了，大家都逃到中興大操場了，也不知道到底該怎麼辦？」我爸都快哭了。

「那、那——」我不知道該問什麼。

「我們也逃到操場了，我們……嘟嘟嘟……」電話斷了。

直到九月二十三日回到臺灣之前，我與家裡的聯繫一直是中斷的，這樣的中斷讓我心急如焚，坐上金防部特別安排的返臺專機之前，我所能知道關於地震的訊息只有中視新聞快報兩側的跑馬燈文字說明，因為電視畫面一直停格在阿里山那間起火燃燒的飯店，除此之外，只有無止盡的揣測。

飛機降落在臺北松山，我採買了一整個行軍背包的乾糧和電池，直奔南投。

小巴士往草屯疾駛，沿路我看到彷彿戰場的景象，灰白或濃黑的燃燒火煙不時進入眼簾，斷裂的橋梁、倒塌的建築、聚集的帳篷，不斷告訴我：是真的，很嚴重！

車行進入中興新村，我竟然聞到空氣中摻雜著不算淡的瓦斯味。

中興新村耶，怎會有瓦斯味？

一下車我就狂奔前往大操場，果然滿坑滿谷的帳篷，繞了兩圈，終於找到我的家人。

來不及卸下行囊，所有最可怕、最不可思議的形容詞紛紛出籠，那一晚的驚恐、那一晚的難熬、那一晚的死生契闊，讓我寒毛直豎，冷汗直流。

幸好，家人平安，我稍稍心寬。

當晚，強烈的餘震不斷以各種方式對我強調——我所聽到的、感受到的，不過是那晚的千百分之一！

天亮，被透過帳篷的炙熱陽光晒醒，我起身，晃到簡易四方桌前，咬了一口麵包，我媽隨口嘟囔：「爽文好像很慘。」

「是嗎？」我的心倏地沉了下去。

「車都開不進去，南投酒廠都燒了！」

「是嗎？」都已經夠窮了，再搖這麼一下，後果……

「國中不知道有沒有怎樣？」

「不知道耶……」我還在掙扎。

「啊你的學生呢？」

「……」

「ㄟ、ㄟ，你要小心！」媽在後面叫著。

我得進去看看。

我騎著機車，沿著我第一次去到爽中的路時停時進，那一年來一直指引著我的雙黃線此刻斷斷續續、高高低低。愈接近，心就愈忐忑，兩旁觸目所及盡是斷垣殘壁，有些堅持不走的人家，就地搭起布棚，多數默然無語。繞過土地公廟，轉進公墓。

我的天哪！

L形的校舍倒成波浪狀，幾乎無一倖免，集合場裂痕四布，瓦礫遍地。蓊鬱的林木或倒或臥，僅存的椰子樹孤伶伶地杵在操場旁不知所措，而籃球場竟然隆起一整個半邊，以後上體育課打籃球，勢必有一方快攻過半場要爬坡了。

學生呢？學生呢？

空盪盪的校園死寂得可怕。

一個老阿婆突然出現，我攔下她直問：

「郎ㄌㄟ？去都位？」

「攏米哩爽文國小啦！」

我油門猛催，再次狂奔。

到了爽文國小，車還未停妥，我的兩個學生觸電似地望見我，拔腿就朝我跑來。

「老師、老師！」幾乎是尖叫的音量，她們放聲開始大哭。

「怎麼啦？怎麼啦？」我一把拉入懷中。

「老師、老師，我家倒了啦……」含糊不清的話語卻清晰得令人心痛。

「那、那、那……」我半晌擠不出一句安慰的話。

「老師，某某某死了，我們班那個某某某死了啦！」我被電流縛住咽喉，張口無言。

「老師、老師……」

「別哭、別哭、別哭啦！」我只能這麼說，從沒有這麼無力過。

「**老師，你會不會回來啦？**哇啊——」

我……，會不會回來？

我們聊聊

我不想再回去。

這個原本再堅決不過的答案，在淚眼婆娑的驚恐臉龐前，微微崩解。

我動搖了，在解脫將近兩年後，在遠離就可能真正永遠的前夕，我動搖了。

那些止不住的淚水，那些驚懼不安的眼神，那些企盼渴求的臉孔，傳達的不過是一些些小小的訊息，這些訊息與我要離開去當兵的那些日子裡所透露的訊息，沒有什麼不同，一樣的膽怯，一樣的卑微。

我不是個超人，沒有辦法改變所有的現況，更何況是這樣一場劇烈的天動地搖。我不過是個菜鳥老師，我能做的不過是好好教國文，我能怎樣呢？

但，那樣卑微、那樣膽怯的訊息，**卻透過這樣的一場天災地變強烈地傳達給我，告訴我——你是被需要的！**

是啊，那瞬間，那淚水潰堤、哭號淒楚的瞬間還不忘丟出的問句：「老師，你會不會回來？」讓我動搖了起來，由輕輕而晃晃而震撼。

他們，這些學生，好像真的需要我！

或許不是真的非我不可，而是需要有個人——或是有些人——願意留下來，久一點，認真而公平地對待他們。

而我，或許可以是那一個，或許即便只是其中的一個！

這樣的念頭跟著我上了回金門的飛機，跟著我在太武山下的木麻黃林間徘徊，有時去到不知名的海邊隨著浪潮拍打岸防，有時也跟著我躲進潮溼陰冷的坑道裡蟄伏。

我清楚我動搖了，但我仍然無法就此心甘情願地放下，轉身，回頭。

我質疑自己：當初來到金門，面對這樣一團亂的行政業務，為什麼我可以義無反顧地捲起袖子動手整理？即使被人笑傻瓜一個，不過是當個兵而已何必如此，我仍然夜以繼日與這麼龐雜而瑣碎的文書卷宗拚搏，直到頭緒漸漸露出曙光，直到條理漸漸井然有序。看來，我不是怕負擔行政業務的人，更何況我不是得過且過的人啊！為什麼我就是無法坦然面對接任訓導組長之後所面對的種種行政考驗？不是一樣的煩雜，一樣的勞心嗎？

我不解自己：接任士官長之後，面對複雜而詭譎的士官兵人事傾軋，為什麼我可以慎思明辨地進退有據、一一化解？即使很多時候吃力不討好，費盡心思之後只換來有限的進展，我仍然用盡諸般手段，或者大刀闊斧，或者迂迴曲折，直到那些來自社會四面八方的英雄好漢們各安其職，各守本分。看來，我不是怕任事的人，更何況我不是駑鈍僵化的人啊！為什麼我就是無法勇敢面對來到偏鄉小校之後所看見的種種教學困境？不是一樣的費解，一樣的為難嗎？

我更不能明白的是一樣來自困頓坎坷，一樣歷盡艱辛找尋出路，為什麼我沒有辦法伸出手，拉他們一把？

顛沛流離的求學，卑微委屈的生活，無助孤單的成長，掙扎匍匐的青春，困窘辛苦的逐夢。

我不也是這樣過來的？

為什麼我就是沒有辦法放下，轉身，回頭，真正面對他們？

我忘記我的老師們用他們的言行為我示範的一切，也忘記我在一路蹣跚前行的時候，在心裡對這些老師暗暗許下的承諾了嗎？而當我終能脫繭而出，此身得以自在的時候，卻選擇了遠離？

讓我動搖的原因不只是那些孩子的需要，更多的是對自己的質疑與不解。

而，大學四年逐漸嘗到的甜頭，或許就是讓我遲疑的主因——這樣的想法最是讓我充滿矛盾與痛苦。

因為，這一切不也是我自己掙來的嗎？

留在都市展現教學專業與風華，享受積累而成的掌聲與目光，這，不是我應得的嗎？

我的翻身，不是我自己逆流而上，魚躍而出的嗎？

留在爽文，我的翻身怎麼辦？

我不斷陷入拉扯，無法自拔。

二〇〇〇年一月，因為在服役期間的優秀表現，我獲得了「優秀義務役士官兵」的殊榮以及八天的「大功假」，這一次，我迫不及待想回去，回去看看災後的他們有沒有重新站了起來，但，我又害怕看了他們之後，真的走不開了，怎麼辦？

很矛盾，很猶豫，很兩難。

但無論如何，我必須做出決定，所以我得回去尋找答案，最後的答案。

來到學校，仍是滿目瘡痍，學生就在貨櫃屋裡上課，全校老師們則是擠在唯一沒有倒塌的教室裡辦公，包括新任校長謝百亮先生。

謝校長是在地震前一年派任到校的，我當時並不認識他，但卻會一輩子記得他，記得那一天，記得那一場對話。

他要我和他到安靜的室外找個地方坐下聊聊。

他沒有開口要我退伍後回來並留下，他只是說：「我們聊聊。」

聊城鄉差距，聊公平機會，聊資源不均，聊積極差別；聊我們可以做些什麼，聊他們或許需要什麼；聊孩子，聊未來，聊孩子的未來。

我其實不太記得在哪一棵樹下，或者在哪一張桌前，或者，只是站著。

我也不太記得到底聊了多久，三十分鐘、二小時、三小時，或者更久更久。

也或許，真正的答案是——十五年。

因為，我就再也沒有離開過。

第五章　藍圖

這樣的選擇留下，顯然與畢業分發的那一次完全不同！在爽中的第一年，我就已經真真切切地感受到了與都市天差地別的教學環境、經濟條件、家庭支持、學生素質、師資結構等諸多不利因素，但這一次我決定真實面對，坦然接受。我並不知道我可以改變些什麼，但我決定盡力去試，就像去到金門時面對那種令人瞠目結舌的狀況一樣——面對，接受，嘗試。

九二一地震讓爽中校園幾乎全毀，唯一沒有倒塌的教室在震前是工藝教室，如今成了全校教師共同辦公的場所，即便是謝百亮校長，也和我們一起窩在這棟僅存的建築物裡；學生上課的地點，則是由一貫道道親緊急搭建的六間相連組合屋，除了隔音效果極差之外，時值盛夏，悶熱自然不在話下。

更令人難以忍受的是小黑蚊，你永遠不知道牠們到底在哪裡，但只要動作稍微一靜止，不到三分鐘，先是奇癢，然後紅腫，接著便是令人心煩意亂焦躁不安的抓也不是，不抓也不是，直搞得我歇斯底里想大叫。

但孩子們卻是輕鬆愜意，毫無所謂，好像那些黑色惡魔不存在似的。

事實上，孩子們不只習慣了小黑蚊，看起來他們好像早就習慣了這不方便的一切。

某個梅雨季的午後，上完課，我跳著閃著試圖穿越連結教室和辦公室之間的黃土跑道，因為久雨，所以地上水坑遍布，泥濘不堪，我心裡不自主地咒罵了起來：「這什麼爛路啊！」同時心疼我的NIKE籃球鞋沾上泥水，但孩子們卻三步併兩步嘻笑地自我身後竄了出來，邊跑邊若無其事地踩過爛泥巴。

「喂，小心一點啦，髒死了！」我叫著。

「有什麼關係？洗洗就好了。」他們還是無所謂地笑著，「又沒有關係。」

看著他們啪嗒啪嗒地踩著溼答答的運動鞋跳著進了辦公室，我突然有種難堪的感覺。

難堪的不是我脫口而出的「髒死了」，而是相較起來，我的環境忍受度怎麼這麼低？輕易就脫口而出種種對於不舒適的怨言，輕易就掩藏不住種種對於不公平的情緒。

孩子們對於不舒適的習以為常是因為習慣了這樣的生活環境，而我對於不公平的難以釋懷是因為習慣了城市的教學支援。生活環境或許可以經由盡力降低物質需求來適應，但我更耿耿於懷的，是不希望孩子習慣因為不足的教學支援所輸出的學習水準。更何況，慈濟功德會已經接手了校舍的重建，而，我們的教學又應該如何重建呢？

看著建築師設計的校舍模型具體而微地展示了我們即將生活於其中的夢幻校園，每一個孩子和老師都情不自禁發出了驚嘆，地震前從來就不曾想像過我們竟然可以擁有這樣的硬體建築，所有人都對未來懷抱著無限的希望和憧憬，那，我們的軟體工程呢？

對於一個教育場所而言，這個軟體工程，不就是教學？

我們要提供什麼樣的教學藍圖，讓所有的學生在看了之後，也能驚呼而期待？

這樣的教學藍圖，是不是也能帶給學生希望？

回到爽中的第一次朝會集合，學生照例要隨機抽選背誦語文，當我知道抽背的內容多了地震之前所沒有的英文，心裡有那麼一些些喜悅，覺得學校的教學好像真的在謝校長來了之後，開始動了起來。

被抽中的學生扭捏了半天後，終於來到所有同學面前，東摳西摸好一陣子之後，開口了。

「骨摸咪，矮不哩萬！」

天啊！這會兒念的是哪一個星球的語言？

但更神奇的是，其他排排站的學生竟然一點反應也沒有，連笑的聲音都沒有。

會不會習慣得也太嚴重了一點啊？

這就是我所謂的習慣了不足的教學專業所產生的學習輸出！反正有背就好，背得如何再說吧，背得正不正確又如何呢？反正大家，或者大部分的人不都是這樣？

而這只是冰山一角，更多更嚴重更無可奈何的問題一直存在著。

師資結構的不完整當然是這些主要問題形成的因素之一，但絕對不是最主要的因素。師資結構的問題由來已久，這是偏鄉地區的共同宿命，是政府急就章的制度使然，也是歷史因素的不得不使然，透過時間的自然汰換或人事的調整當然可以解決這個共業，而提升教師專業素養會是更為立即有效的策略，但不管哪一個方法，謝校長都已經努力了，地震之後的爽中確實也留住了幾個專業而有熱忱的老師，但更根本的問題在學生！

當時有位老師對我說：「當我口沫橫飛講完一大段課程內容，視線落在學生的臉上，卻看見他們的眼神空洞得可怕！」

為什麼空洞？

有可能是學校整體學習策略需要全面檢討與調整，有可能是教師教學方法需要更大的改變，有可能是生活教育、課堂行為需要加強，有可能是家庭支持力量需要再提升，有可能是缺乏成功經驗的遷移，有可能是沒有整體氛圍的塑造，更有可能是根本就**缺乏學習動機**——也就是，為什麼要學？

就和當時完全拆掉連根挖起的舊建築舊校園一樣，得重挖地基，得灌漿填平，得丈量擘畫，得設計營造，得完完全全毫無保留地從頭來過，重新開始。

好一個百廢待舉啊！

大樹下的畢業典禮

謝校長與夥伴們當然知道百廢待舉，而他們選擇了從生活教育開始著手。

我說「他們」是因為當他們前一年開始的時候，我還在金門服役。

後來許多結果都證明了這樣的選擇是正確的，但一開始的確不是那麼容易，我經歷過地震前的爽中訓導工作，所以我可以想像這有多麼困難，草根性十足的學生氣質加上家庭環境與社區氛圍的低配合度，想讓學生乖乖的、好好的在課堂上聽講變成一件極具挑戰性的任務，更別提要求課外的行為舉止了。幸運的是，謝校長獲得了一位資深主任戴湘台老師的回鍋相挺。更幸運的是，早我一年退伍的郭組長（就是我無緣交接的那位組長啦）以及一位新進的社會科老師，都熱忱地全力以赴。社會科老師姓李，我都叫他阿清哥，是個熱血不在我之下的優秀青年，我們一起在爽中奮鬥了好幾年，兩人之間有著濃厚的革命情感，我記得他要離開的那一年，我們在畢業典禮上相擁而泣，相信嗎？兩個大男人就在全校學生和家長面前，緊緊相擁大哭，畢業生和在校生都圍在我們身旁哭成一團，連家長也都陪著掉眼淚。

當時阿清哥對我說，光是要整頓放學路隊這件事，就費了好大一番功夫。

謝校長認為學生上學、放學的這一段過程，是讓社區居民認識學校生活教育的重要關鍵，特別是放學之後學生走在社區裡是否有秩序或規矩，更是家長用來評判學校生活教育成效的打分數時間。因為家長平常並不會到學校來關心或看見老師在教些什麼，也不會看見學生被要求些什麼，而放學時間正是社區家長下班回家或鄉民出門閒晃的時刻，他們看到學生是什麼樣子，就會累積成對學校的刻板印象。

我記得當初在爽中那一年，放學路隊到校門口就一哄而散了，沒人理會他們到底是以什麼姿態走在社區的馬路上，更不會有人在乎他們在這段路上到底都做些什麼。阿清哥說，他剛來爽中時，看到放學後學生在路上的情景，眼珠差點掉下來！服裝不整只能算是小事，高聲喧譁、口出三字經也是家常便飯，令人無法忍受的是一堆青少年騎著機車在校門口就把國中生載走，引擎聲噗噗的高分貝呼嘯而過，囂張得不把任何人放在眼裡。另外，街上還有店家在裡頭的小房間擺著電動玩具，學生們或者大搖大擺地走進去，或者目中無人地聚集在店門口輪流哈菸，甚至家長來了，也若無其事地叨著菸就上了車。

整條街就像爽中的大型派對，讓人傻眼又咋舌！

所以當阿清哥開始要求學生們必須整理好服裝、排好路隊，讓他帶到街上統一解散、不得逗留的時候，學生們無法適應，甚至無法接受，當然是可以想像的。

但謝校長和阿清哥很堅持，後來加入的我也一樣堅持，即使學生反彈、店家不滿、青少年挑釁，我們仍然堅持到底，軟硬兼施用盡諸般手段。而這樣的堅持真要能發揮效果，當然得從在校內的言行要求做起。不知道是幸運還是不幸運，地震，讓這樣的堅持有了轉機！

地震摧毀了爽文，震垮了店家，似乎，也震傻了孩子！

不少孩子失去了親人，沒有失去親人的也飽受驚嚇。那種世紀大地震的天搖地動，讓很多孩子在心理上失去了安全感，表現在臉上就是沉默，反應在行為上就是遲疑。地震之後四個月，我最後一次回到爽中尋找留下與否的答案時，感受到的就是這種瀰漫在空氣中的驚懼及不安。學生可以獲得慰藉的地方和對象不多，大人們為了重建家園忙得焦頭爛額，甚至有人因此鬱悶失志而尋短，中寮地區在九二一地震那一年內自殺死亡率是十萬分之三八・七四，是當時全臺灣自殺人口比例總平均的三倍之多，大人都無語問蒼天了，孩子又要向誰說？

進駐校園的慈善社工或者心理諮商當然會發揮一定的影響，但長駐在學生身邊的師長們，就更為重要了。

我們試著去理解孩子們拒絕的眼神背後所隱藏的恐懼，試著去同理孩子們以偏差的行為爭取更多關注的動機，試著更深入感受孩子們因為家庭問題所帶來的負面思維，試著更貼近傾聽孩子們因為孤單無助所呈現的冷漠與狂飆。

我們原本就知道這裡窮困而封閉，但是我們花更多的時間告訴並教育他們先自重然後才能獲得尊重。

我們原本就知道這裡落後而失依，但是我們花更多的時間傳達並教育他們先自愛然後才能贏得珍愛。

因為地震，讓他們需要更多的依靠，而我們，從生活教育上讓他們知道是被愛的、是被在乎的。除了在物質上盡力尋求資源，協助他們維持生活及就學的基本所需之外，更重要的是，我們在精神上、在心理上，從愛出發，真誠而嚴格地引導他們走向站有站相、坐有坐相、說話有禮貌、行為有分寸的「成人」之路——成為一個真正的人，而不是放縱自己表現出受生物本能操控的「類動物」行為模式。

教育不就是引導人成為一個真正的人？

生活教育不就是在生活中引導我們的學生成為一個有規矩的孩子？

規矩不過就是有禮貌、有秩序、有樣子、有分寸地走路、坐立、說話、動作而已。

真心的關懷但絕不棄守紀律的底限，誠懇的關愛但絕不鬆手規矩的堅持。

這是謝校長、阿清哥和我，對於生活教育的堅持和期望。

二○○○年六月，地震後的第一次畢業典禮，因為校舍重建才剛開始，所以我們選擇了在原本廢棄掩沒但已經整理恢復通行的正門階梯上舉行。

正門的階梯是另外一個沒有被地震摧毀的地方，清除了雜草磚石，移除了垃圾雜物，這裡恢復了原貌，總共三大段八十五階的階梯由正門口一路延伸往上直達校園，成拱的榕樹在階梯上方相連，渾然天成的林蔭棚頂。

好美啊，這正門！

露天的畢業典禮舞臺選在其中一段的平臺，樹枝上拉著一條條彩帶，上面繫著一張張在校生寫給畢業學長姐們的祝福；一面立著的白板上釘著國旗及國父遺像，前面擺張小講桌，就是正堂了。全校一百二十位學生就以級級石階為席，為學長姐送行。會場就這麼簡單，卻顯得大氣無比！有什麼布置巧思能勝過以大地為舞臺呢？

畢業生代表致詞，未語淚先流，文章的最後一段她說：

「我知道，這不是求學之旅的最後一階，階梯之上有綠蔭，綠蔭之外有藍天，有更寬更廣的世界等著我們去探索，有更高的階梯通往更高深的領域等待我們去跨越。只有往上，只有往前，每個人心中那座希望工程才會真正實現，我們會更加油！謝謝大家！」

席地而坐的孩子們沒有騷動，沒有竊竊私語，全程安靜而專注地坐著或站著。

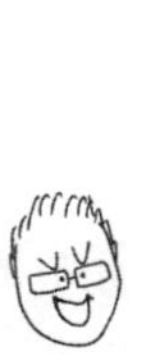

來賓中有一位是我在爽中第一年畢業典禮時記得的熟面孔，也就是那位又氣又惱的在地老縣議員，但這一次他沒有機會因為會場紊亂的秩序而開罵，相反的，他哽咽地開頭：「你們這些地震的孩子們，真可憐啊……」然後，哽咽地結尾：「你們變乖了啊，有規矩了啊……」

我坐在學生當中，眼眶忍不住跟著孩子們泛紅，我不知道他們哭的原因是什麼，但我知道我的原因是那一句：

「有規矩了啊！」

要離開的那年，臺上的開罵，我不在乎，因為反正我想逃。

但這一刻，我無法不在乎，**因為我們的努力，終於開了第一朵花，花的名字叫「希望」！**

希望的花不只一朵！

二〇〇〇年十二月，時序入冬，清晨的霧逐日濃重，厚實卻不失精巧的嶄新校舍在隱隱的日光初升裡矗立著，三三兩兩的孩子們步伐輕靈踩在重建中的校園，慈濟功德會所屬的慈誠隊師兄們，已經更早一步在景觀重建的工地裡忙碌著，還未七點呢！而每一早校園的景觀模樣都會明顯比前一日放學時進展許多，看來，進度比大家的預期更快，更令人驚豔！

下課時分，學生們一起投入工作，校長、主任及老師們也一起參與，感覺得出來每個人都懷抱著一分莫名興奮的期待，期待全新而人性化的教室，期待優雅且富有環境教育的校園，期待絃歌不輟、書香盈懷的快樂天堂。在每個人的心中，我想，這樣的期待隨著多方的幫忙，四處的協助，就要成真。

孩子們在地震後接收到自多方而來的關懷，其中包括了眾多宗教團體物質或精神上的資助，孩子們在愛的包圍中逐漸忘卻震殤的痛，並學習感恩及回饋，我們都很欣喜看

到孩子們這樣的成長，並且希望這一群震後重生的孩子們，能在未來的人生中記取「施與受」甜蜜的循環，莫忘「甘願做歡喜受」的真諦。半年來，希望工程在爽中的歷史上宏偉地展開新頁，大愛是城牆，圍繞孩子們在其中蓬勃地起舞飛翔；智慧當鋼梁，支撐孩子們在其中放心地學習成長；基督教北中寮工作站每週一次的心靈輔導課程，則協助孩子們認識自己的使命，試著從更為積極的角度去看待生命中不可避免的困阨。

偶爾，孩子們會問我：「老師，你信仰什麼宗教？」

或者，「哪一個宗教比較好？」

這是個很容易一言以蔽之的問題，我其實可以輕鬆自在地隨口回答一大篇萬教歸宗於愛之類的話語，然而，我卻屢屢難以成言，是因為不想如此淺薄看待孩子們認真的眼神，也不想在自己的心緒尚未澄清之時，輕易出口敷衍的答案。

對我來說，所謂信仰，不就是一種精神？

讓你願意為此無怨無悔地付出一切，為此念茲在茲、夙夜匪懈地犧牲所有，譬如慈濟功德會的師兄師姐們上山下海隨著上人聞聲救苦的腳步竭盡所能，譬如基督教北中寮工作站的兄弟姐妹們亦步亦趨跟著真主博愛世人的神跡奉獻性靈，譬如其他不及備載的先天下之憂而憂、後天下之樂而樂的各有所信各有所仰的信眾或子民們。

所謂信仰，不就是一種態度？

讓你耐煩地面對生活中諸多挑戰，讓你定心地看待日子裡接踵而至的挫折。

所謂信仰，不就是一個念頭？

讓你一次又一次用心將事情做對、做得更好，讓你願意一遍又一遍認真找出問題可能的解答。

所謂信仰，不就是一股力量？

可以讓你堅持到深夜孤燈仍舊不嘆不息。

所謂信仰，不就是一個理由？

可以讓你為之消瘦、為之憔悴、為之戮力以赴。

所謂信仰，不就是一種癡傻嗎？

那麼，我多少可以明白謝校長用心規劃、費心經營，早到晚退假日來校的理由；明白戴湘台主任及阿清哥耐煩解決校務，在重建過程中面對諸多挑戰的精神支柱；明白代理總務主任的郭老師犧牲一切個人時間不眠不休地投入重建工程，多方爭取重建資源的力量來源；明白我及其他老師們願意在克難簡陋的教學環境中，有增無減地熱忱付出所為何來。

這不也是因為心中有所信仰而來的嗎？

所以，孩子們，我想我可以告訴你們我的答案是什麼了！

雖然稍嫌噁心，但我仍然想說：

「孩子們，你們就是我的信仰！」

不能只有扯鈴！

那，孩子們的信仰呢？

或許是捏陶，或許是打籃球，或許是扯鈴！

地震後的爽中開始有了不太一樣的風貌，其中最引起學生興趣的是這些多元才藝課程。謝校長為了讓學生可以有更多不同的選擇，並且藉著這些活動式課程撫慰學生因為地震所帶來傷痛，加上災後有一些如「災後重建計畫」等的專案經費可以外聘師資，所以學期中的課後時間或者寒暑假便安排了這些課程。

學生們對於這些課程的投入程度令人感到驚訝，除了打籃球本來就是學生們最愛的體育活動之外，陶藝課程讓孩子們可以光明正大地盡情玩土，玩泥巴的天性獲得充分發揮的空間，在捏揉的過程中釋放無邊無際的想像力，甚至發洩無意識中流露而出的壓力或創傷，某種程度上的確發揮了藝術治療的功能。但更多的學生對於扯鈴這個屬於民俗技藝的活動顯露出更大的興趣，當時的爽中學生幾乎沒有不會耍個兩下的，那些肢體相對靈活的孩子們更是玩到了出神入化的地步，不管是「金雞獨立」還是「飛龍在天」，不管是「平沙落雁」還是「大鵬展翅」，單人兩人三人到多人，單鈴雙鈴到拋鈴甩鈴，通通難不倒他們，直要得我們這些手拙的老師們眼花撩亂，嘆為觀止。

如果再配上熱鬧滾滾的鑼鼓音樂，以及夥伴們彼此之間吆喝的助陣聲響，常常讓我有一種似曾相識的感覺，彷彿實習那年爽中校園風靡一時的舞龍舞獅陣頭再現一般。

我無意貶低扯鈴本身的技能學習與文化價值，更無意看輕舞龍舞獅這樣的民俗陣頭背後所代表的豐富文化精神與意義。

更何況，孩子們本來就擁有多元智慧，體育技能當然也是其中一種不可或缺的組成元素。

但，只要玩扯鈴就好了嗎？

當時的我們的確在謝校長的帶領與支持之下，嘗試改進原本存在爽中校園裡的封閉、保守、傳統、枯燥、應付式的教學策略，但是初期的成效相當有限，孩子們對於「課堂學習」這一回事，仍然顯得興趣缺缺，即使學生們的生活教育已經漸上軌道，但是提到上課、提到作業、提到國英自數社，就又流露出「空洞」的一號表情。

這或許也正是籃球啊、陶藝啊、扯鈴啊，這些活動式課程讓學生們相對傾心的原因。

但，只要玩這些就好了嗎？

現實的說法是，能玩一輩子嗎？

或者，能當飯吃嗎？

我自己本身是個運動的超級愛好者，特別是棒球，不但是愛看也愛玩，甚至，還很會玩。高三那年到臺南棒球場看職棒比賽，興致勃勃地報名了場邊的球迷活動——測速槍體驗。當我丟完第一顆球的時候，前職棒球團時報鷹的工作人員眼睛就亮了起來；當我連丟三顆超過一四〇公里的快速球之後，工作人員更直接問我：「哪裡來的？是南英的還是三民的？」甚至「要不要到球隊來測試一下？」這樣的話都出口了。

我的所有同學或朋友都知道我真的很會玩棒球，甚至，我還是高中及大學的籃球校隊，但我終究沒有選擇把體育當作職業。

主要因素是當時我的經濟需求孔急使然，也因為身材的某些限制使然，但更坦白的說法是，我看見太多打球打到後來沒工作的案例！

運動員的生命不長，三十或三十五歲之後就可能開始走下坡，最好的出路大概就是當專業運動教練了，可是，有牌的教練要證照，而證照要考試，考試除了術科，當然也要考學科。

可是我們的運動員最弱的就是學科，因為他們在中小學階段自願或被引導花費大多數的時間在訓練技術，而被迫放棄了聽說讀寫這些基本能力的學習。

許多沒有辦法取得專業教練證照的球員們，只能以「工友」或「臨時雇員」的身分指導球隊，領微薄的薪水勉強餬口；但更多的是某某知名少棒選手現在正在賣雞排或者開計程車，這樣的新聞報導或小道消息時有所聞。

職業當然無貴賤，為了生活當然得想盡辦法，可是是誰讓他們只能有這些辦法可以想？

我不想討論整個國家對於體育政策的規劃及配套，但攤在眼前的事實是：爽中的學生不會有人扯鈴扯到變成國手，然後出國比賽，拿冠軍得金牌，光榮回家來。

或許有，但會是幾個？一個？還是兩個？

可是在還沒有看到所謂的「臺灣之光」出現之前，我們卻先看到為數不少的孩子們寧願揮汗練習各種高難度的扯鈴招式，也不願動筆練習幾題基本的數學習題；寧願耗盡絕大多數的課後時間研究創新的扯鈴動作，也不曾想過動嘴念幾個基本的英文單字；寧願呼朋引伴反覆練習團隊默契，也不願彼此叮嚀先把老師要求的作業寫完再說。

包括扯鈴在內的這些活動式課程對爽中的孩子們來說，都只會是生命中的一個過程而已。

如果因為這個過程，而放棄了應該要學習的聽說讀寫能力，那怎麼辦呢？

在沒有完整配套政策、沒有完整銜接制度、沒有完整保障體系的環境之下，我們怎能默許為了讓部分不愛念書的學生至少有事做的敷衍心態，而忘記了學校這個教育場域應該要具備的功能及責任呢？

為什麼不愛念書？有什麼辦法可以讓他們在國民教育這個基礎階段，至少不要排斥學習？

可不可以讓他們在進行這些活動式課程之餘，不要忘了繼續培養聽說讀寫的基本能力？

甚至，不要只是為了顯示學校有為孩子做事，或者辦學很有特色，就允許他們可以只要玩這些，而不忍「苛求」孩子們為自己的學習負最基本的責任。

這些不是更重要、更必要、更需要去盡力謀求解決之道的問題嗎？

先不提「成功經驗的複製」，更別提「多元智慧的遷移」。扯鈴沒有錯，舞龍舞獅沒有錯，所有和這些多元學習一樣的特色課程都沒有錯。

但，不能只有扯鈴！

不是嗎？

的確不能只有扯鈴，謝校長和我及夥伴們都知道。

包括扯鈴、籃球、陶藝以及後來增加的美術，都是為了讓學生不會覺得學校是一個完全無趣的地方而開辦的課程，事實上，陶藝和美術後來還成為爽中永續經營的教學特色，但即便如此，這兩個課程也始終不是我們要求學生「唯一」要做好的事。

在爽中，從地震以後到現在，學生們被要求一定要做好的事只有兩種：**基本能力和生活態度！**

不管哪一科，聽說讀寫都是基本能力，所以我們始終堅持學生務必要具有基本能力——聽得懂，說得出，讀得會，寫得來。

如此而已！

但即使如此而已，多少國中小都為了讓學生做到這些再基本不過的事情傷透了腦筋。特別是類似爽中這樣的偏鄉或原鄉的學校，往往用盡心力，卻換來交瘁的無奈！那些無心經營的就甭提了，常常是愈在乎、愈用心的學校或老師，會得到愈大的失落感。

那時大多數的爽中老師們也是這樣的感受——做了這麼多，卻看到這麼少！

地震後的爽中不是只有扯鈴、籃球或陶藝，在謝校長的領導及支持之下，我和幾個夥伴們開始積極進行一系列的教學嘗試，我們試圖從自己本身的教學策略、教材精進、教法創新上著手，而校長則是有步驟進行著師資結構的新陳代謝。

我們衷心期盼整個爽中翻新的不是只有建築，還包含了整個教學樣貌。

二〇〇一年四月，歷經十個多月的趕工之後，爽中的新校舍嶄新落成。

搬進新校舍的那一天，全校師生都無比感動，我拍了一張學生抬著桌椅，背著書包，魚貫地從組合屋往新教室前進的照片，當作那一期校刊的封面，封面的標題是：校園重建有成，希望工程無限！

校園重建的確是有所成果了，爽中的優美校園在那一年的遠東建築設計獎獲得了全國第二名，甚至被譽為從地底湧出的藝術品，但就像證嚴法師在落成的那一天所勉勵我們的話一樣：

「我們已經把最好的硬體給了你們，接下來的軟體，就看你們了！」

所謂軟體，不就是教學，不就是帶給學生希望？

而這樣的希望工程，的確無限可能，卻也面臨無限挑戰。

最大的挑戰，無庸置疑的，就是：學生不想學！

慈濟給了恍如藝術品的建築，老師則試圖在這座建築內擺滿知識的寶藏，但問題是：學生不想進來！

他們寧願在建築外徘徊，過門而不入。

因為，他們沒有動機！

最常見的師生對話是：

「單字要好好背啊！」

「我為什麼要背單字？」

「不背單字就沒辦法學好英文啊！」

「我為什麼要學好英文？」

所有人都知道沒有動機的成因很複雜，可能是家庭、可能是環境、可能是氣氛……

所有人都知道沒有動機有多可怕，排斥、拒絕、冷漠、敷衍……

或者，就像那時校內某個老師說的：空洞的眼神！

當然，很多人很多學校都試圖刺激或提升學生的學習動機，方法五花八門，但最常見的，就是榮譽制度，或者稱之為獎勵制度。

不管是作業簿上畫蘋果，還是表現好時給點數等。

爽中當然也有，我們有「榮譽積點卡」。

抽背過關給一張，擠進段考榜上給一張。

然後呢？

沒了。

就這兩種方式！

好吧，那拿到點數可以幹嘛？

學期初教務組會說：「點數到學期末可以換圖書禮券喔！」

然後到學期末會說：「因為沒有經費，所以點數改成換記功嘉獎。」

所以我們經常看到，學期中可以拿到點數的人，永遠就是那幾個在當時的爽中算是稀有保育類的用功學生，然後在學期末喃喃自語：「又被騙了！」

怎麼會被騙？可以記功嘉獎啊！

別忘了，在這樣偏鄉的學校，成績前幾名的學生往往也就是參加演講、朗讀、作文等所有校內各項比賽的熟面孔，他們既不常違反校規，又一定是固定的班級幹部成員，連辦公室的公差啊、各科老師的小幫手啊，甚至是放學後巡視校園關鎖門窗的不二人選都是他們。

別說記過，連衣服不紮被記警告都一定沒他們的份。

這樣的學生還需要因為榮譽積點卡來記功嗎？

學期末的操行成績統計常常高到破表，哪還稀罕這區區幾支小功呢？

應該要稀罕的人是那些被記了過、想要拿個功來銷過的族群。

可是他們拿不到啊！

因為能拿到點數的方法就只有兩種，要嘛段考贏過那幾個吃燒餅不太掉芝麻的好學生，要嘛夠幸運一個禮拜一次的抽背可以被抽到上臺。前者的機會看來很渺茫，後者的機會也不太樂觀，因為你得祈禱剛好有背、會背，然後又幸運到能雀屏中選那一百二十分之六的中籤率。

拿到的不想要，想要的拿不到！

這不只是我們學校的問題，也應該是大多數推行獎勵制度的班級任課老師或學校行政人員的苦惱。

我相信所有的獎勵制度一開始推動的目的都是為了刺激學生的學習動機，特別是那些本來沒有動機或者動機低落的學生，常常是制度鎖定的目標族群，希望藉此制度鼓勵或激發他們願意動起來。

但，往往在老師耗費了大量的時間或精力之後，會突然發現，怎麼一直來加點數的學生永遠都是那幾個不需要獎勵也會動起來的學生呢？

換句話說，怎麼一直獎勵到那些不需要獎勵也會有強烈動機的學生呢？

甚至，還因為這樣的獎勵而使得動機益發強烈。

這樣不好嗎？

我們總不能向那些學生說：「好了，好了，這個制度不是為了獎勵你們而設計的啦，你們這樣也該夠了吧！」

不會吧？

但，別忘了，我們一開始都是希望沒有動機的學生產生動機才這樣勞心勞力、費時費錢投入，結果呢？

這不就是包括我們在內的認真的老師們，感到哀怨的原因嗎？

當你期望的結果與出現的結果有落差，那真是累啊！

身體累，心更累啊！

所以，才會一直有獎勵制度沒有用的評論和批評啊！

但，既然沒有用，為什麼還要做？

「當然要做啊，人家的學校都有做，我們學校怎麼可以沒有做？」

或者，「有做都這樣了，沒有做那還得了？」

問題是，**做這麼多，這麼辛苦，如果沒有達到目的，也就是讓那些缺乏動機的學生自願或被誘使產生動機，這樣的獎勵制度意義在哪裡？**

這種為了做而做，人家都有做所以我也只好做的情形不是很像當年爽中的親師座談一樣：雖然沒有家長會來，但是一定要辦，因為這是規定！

我給了當時爽中的榮譽積點卡一個名字，叫做——雞肋！

因為食之無味，但，棄之可惜。

七袋舊衣服

既然食之無味，那就來加點味好了。

我天真地以為可能是榮譽積點卡太醜了，才讓學生棄之如敝屣；因此，我和我的愛將們，開始著手設計並製作一系列精美的積點卡。

順便一提，在我投入爽中希望工程的十五年當中，歷屆的愛將們一直扮演著無與倫比的重要角色，他們跟著我做了太多太多的傻事，常常只是為了我的突發奇想，便無怨無悔（？）地任我差遣，即使是週末假日，也常常被我 call 來學校忙東忙西。這一年跟著我的愛將是小可愛——孟璇，美術天才——婉欣，還有偶爾會出現的帥氣氣質女——詩穎。

我參考了郵局出版的集郵套票，設計了一系列的唐詩宋詞集點卡，點數由五點、十點、二十點一直到一百點，每張不同面額的積點卡配上不同的優美詩詞，並且還煞有其事地將完整一套的積點卡護貝，期待有人集滿完整點數之後，可以來兌換一整套的精美護貝積點卡作為收藏。

我真的認為這麼美、這麼有創意的積點套卡會引起學生們的興趣，甚至掀起一波瘋狂集點的熱潮。

但，真的，我想太多了！

並沒有多少學生被這樣的積點卡激起興趣，大概只有我一個人還沉醉在那優美的小樓昨夜又東風裡。

笨蛋！重點不是積點卡美不美！

而是積點可以幹嘛？

雞肋再美味，它終究還是雞肋一根，並不會因此變成雞腿。

積點卡再漂亮，若沒有更強而有力的後效增強，是不會有用的。

那時的我，說過了，很天真，哪懂得什麼叫「後效增強」（真對不起高雄師大的老師們），我只是急切地想要激起學生的學習動機。硬體建設好了，老師們提供的軟體教學——也積極上路了，但如果學生還是一直對於「學習」這回事興致缺缺，一切都只是枉然。

天真的我想到的第二件事，是積點卡方便性的問題。

我猜想，榮譽積點卡會三不五時紛飛在走廊上、操場邊或者垃圾桶旁，一定是不好攜帶的關係啦！

卡片一張小小的，放在口袋也不是，塞在書包裡也不是，拿在手上，一不小心，掉了，然後風一吹，就呈現到處翻飛的窘況了。

是的，要好收藏、好攜帶才是解決之道！

事情就是那麼剛好，某一天我發現念臺中市文華高中的弟弟有一本學習護照，我問他：「這是幹啥用的？」

「就登記認證啊。」

「登記啥？認證啥？」

「我們學校規定畢業前一定要通過游泳、電腦，還有什麼什麼的門檻，這本護照就是用來登記每個項目過關與否的認證紀錄。」

「紀錄？認證？」

「對啊，沒過關不能畢業ㄌㄟ！」

「那，好帶嗎？」

「就一本啊，放在口袋或者丟在書包，都可以帶著走啊。」

Bingo!

就是學習護照了！我彷彿獲得天啟，救贖了我的苦惱！

我興沖沖地設計了爽文國中的第一本護照，然後命令愛將們即刻動工，務必要在暑假完成，開學後我就要讓學習護照正式上路。

第一本學習護照按照著我的想像出爐了！

搭配著抽背紀錄，也包含著最主要的積點欄位——日常生活學習。

我滿心期待，這會是一個劃時代的創舉，老師們會利用這個護照作為教學策略，學生們會因為這本好攜帶的護照而激起學習動機，然後，掀起一波又一波的積點熱潮！

但，真的，我想太多了！

護照除了在一開始推出的時候引起學生的好奇，接下來，大概又只剩下我一個人沉醉在認證紀錄的美好想像裡。

我的班、我的課，當然會大量使用護照積點來獎勵學生的表現，但是其他的班級、其他的老師就多半應付應付，聊勝於無的偶爾簽個名，當作凡走過必留下痕跡的紀錄。

於是，有些班級的學生，一整個學期下來，護照只簽了五格，有四格還是我簽的

ㄌㄟ！

於是，有的班級的學生，一整個學期簽了十幾二十格，但是仔細一看，跳健康操加三十點，路隊排整齊加二十點，連掃狗大便都加了十點，而「上課認真」卻只加了五點？那我就整天跳健康操、排路隊、掃狗大便就好了啊，幹嘛上課認真？更別提健康檢查秩序良好、聯絡簿有簽名這類阿里不達的加點原因了。

不是這些不能加點，這些生活教育的行為當然也需要正向鼓勵、正向增強，但是，重點是學科學習！我要的是與學科基本能力學習有關的行為增強啊！

為什麼會這樣？

行為契約內容不明確是最主要的原因之一（其實我那時候也不知道什麼是行為契約，教授們，歹勢啦！），其他包括點數加扣範圍或認證機制的公平性等，都是大問題。

但是，最讓我躲也躲不掉的老問題再一次朝我正面出拳而來。

「老師，加了點數能幹嘛？」

「呃，這個嘛……會有獎勵啦！」

「什麼獎勵？」

「那個嘛……可以記功嘉獎喔！」

「我有很多功了，還有其他獎勵嗎？」

「那個嘛……可以換獎品！」

「什麼獎品？」

「呃，敬請期待囉！」

「喔！」

不論是三杯還是紅燒，不論是鹽酥還是燉滷，雞肋還是雞肋，永遠不會變成雞腿！

從積點卡到唐詩宋詞風系列的積點卡，再到學習護照，**沒有明確且強而有力的後效增強，諸如此類的獎勵制度，或者說動機激發策略，是不會有用的。**

讓雞肋變成雞腿的後效增強在哪裡？

直到那一天，七袋舊衣服的出現，終於讓我找到清水變雞湯——喔不，是雞肋變雞腿的祕訣。

是的，雞肋真的可以變成雞腿！

八百點的火烤兩用鍋

嚴格來說，那七袋舊衣服一點也不舊。

更何況那些衣服還來自於爽中當時最幼齒的正妹老師，香的哩！

當特教班的江老師提著那七袋舊衣服要我廣播找她的學生到教導處來集合時，我滿臉狐疑。

「這衣服是？」

「我的啦，不是什麼好衣服啦，都地攤貨。」

「那，要做什麼用的啊？」

「送給我班上的學生啊！」

「為什麼？」

「因為她們常常在上課時說我的衣服好漂亮啊！」

「那妳就送給她們啦？會不會對她們太好啦？」

「不會啦，這些衣服很便宜，都是地攤貨啦！」

我隨手拿起其中一件，雖然不是什麼高級的質料，但是因為是年輕正妹穿的，很有流行的fu，而且說實在的，很新啊！

「妳沒穿幾次吧？江老師。」

「就一兩次啊！」

果然是千金小姐的架勢，穿過一兩次就可以晾在旁邊了。

「那，就直接給她們了喔？」

「也沒啦！因為她們原本上課都不認真，雖然坐在教室裡看起來很專心，但其實沒在用心學，都在發呆，問什麼也沒反應。後來，我就對她們說，只要認真上課，成績進步，我就送妳們我的衣服。」

「喔！」

「她們一開始還不相信，後來我再三保證，只要成績進步就一人一袋！」

這本錢也要夠雄厚才行啊！不過，我相信這位家世背景在水準之上的正妹老師應付得起。

「所以呢？有效嗎？」

「有啊，上課變認真了，眼神都發亮了，成績當然也進步了。雖然幅度不大，不過，我覺得有進步就好，所以，今天來履行諾言啦！」

「喔，是喔！」

看著孩子們興奮到不行的眼神，我終於明白這才是真正的天啟！

而且，這一次，我確定不會只有我一個人自high。

我馬上將這個靈光乍現的念頭化作具體行動，打了一張「二手商品募集說明單」，親自向每個爽中的夥伴們一一解釋，邀請他們來個年中大掃除，將家裡不要的、不用的物品，拿到學校來，我們來辦一場「跳蚤市場」吧！

接著，我故作神祕地集合學生，煞有其事地說：

「各位同學，老師當時跟你們說學習護照的點數可以換神祕禮物，你們偏不信，好啦，現在答案要揭曉啦，我看，有很多人會後悔囉！」

「什麼禮物？什麼禮物？真的會後悔嗎？」學生七嘴八舌。

「一個禮拜後，點數換禮物，請拭目以待！」我昂起頭，深深地嘆了一口氣，「早就跟你們說會有神祕禮物了！」

接下來的幾天，老師們從家裡帶來的物資，讓我大開眼界。

什麼都有！

書啦、玩具啦、文具啦、手錶、飾品、馬克杯、書架、電話、檯燈、手提袋、西裝外套什麼都有！

看來，「人總是想要的比需要的多。」這句話真真不假。

而且，最神奇的是，我赫然驚覺商品中數量最多的是陶鍋、砂鍋、瓷盤和餐具組。而這些鍋碗瓢盆上面都印著：「南投縣政府敬祝教師節快樂！」或者「中寮鄉鄉公所敬祝教師佳節愉快！」

是的，沒錯，就是教師節禮物。這、這、這，我無言了。

七天後，配合學校辦理的「隔宿露營」活動，我在餐廳前將滿滿十大桌的商品陳列出來。十大桌耶！爽中當時也才不過十來個教職員工而已。

學生們驚呼的聲音此起彼落，團團圍著那些終於揭曉的神祕禮物東摸摸西摸摸，不時發出：「我要這個！」「這個手錶好好喔！」「這個背包要一百五十點喔？」等等的聲音，我再次擺出一副不聽老人言吃虧在眼前的欠揍表情，「就跟你們說，不集點數會後悔了吧！」

的確有很多人當下就後悔不集點數，當我不斷聽到有人說「早知道就多集一些點數」時，我的內心絕對不是竊喜這樣保守的詞可以形容的，而是澎湃到無以復加！

但，令人洶湧澎湃的還有另一個花招。

我把所有物品當中最具價值的十二項列為精品，準備在當晚的露營晚會推出來競標。

是的，競標！點數喊得最高者就可以拿走這些精品——包括高級電子錶、我的職業級棒球手套，以及一個全新的火烤兩用鍋。

火烤兩用鍋？誰要啊？

學生們也這樣問，但，就說我有花招嘛！

當晚的露營晚會不只學生、老師參加，還邀請了家長參與——是的，家長，這是祕密武器！

先說手錶好了，一陣熱烈地廝殺之後，一二〇〇點標走了。

接著，我的手套引起另一波高潮。

我的班級的男生們，因為體育課也是由我帶領，對棒球和壘球瘋狂著迷，一看到這個職業級棒球手套出場，立刻擺出勢在必得的架勢，雖然另一個年級的學生們早就聯合

集資磨刀霍霍，但他們可沒在怕的。我的愛將之一：子平，是我見過最有運動天分的游擊手，對於這個內野手套，可是垂涎不只三尺，尤其這個手套來自於我——也就是他的偶像，更讓他有捨我其誰的氣魄！

所以，他們也老早就「資金」齊備，準備一較高下。

果然，當點數一開始由五〇點、一〇〇點，不斷往上累積的時候，有人喊了：「一〇〇〇點啦！」

「哇！」一陣譁然。

「一五〇〇啦！」

「哇！」

「二〇〇〇啦！」「三〇〇〇啦！」「四〇〇〇啦！」

「哇！哇！哇！」

哪來這麼多點數啊？會不會喊爽的啊？

「阿翔、阿翔，你還有多少？」只見子平和他那夥好兄弟，圍著班上的第一名阿翔，發出求救信號。

「都拿去，拚了！」阿翔害羞地笑了笑，但很有義氣二話不說丟了點數出來。

「以後再還你。」子平和他的兄弟們心虛地說著，轉頭大喊，「五〇〇〇點啦！」

「五〇〇〇一聲！五〇〇〇兩聲！五〇〇〇……三聲啦！」

「耶！」

「喂，點數要還喔！拿學習護照來登記向阿翔借的點數。」

「喔，可是點數要……」

「你作業好好寫，點數就有了啊！」數學老師說話了。

「還有英檢啊！」英文老師補上一槍。

「語文抽背別忘了！」國文老師也沒忘了射一刀。

「上課認真也可以啦！」社會老師報到。

這就對了！這就對了！我已經澎湃到要爆炸了！

在這之前，老師們不常用護照是因為不確定有沒有用，學生們不愛用是因為不知道用了能幹嘛。

現在，老師們感受到了增強物對於學生的強烈吸引力，而學生們也感受到了點數無比的價值感。

先不提物質性增強對於學生的內在認知和行為改變到底是好或者不好，至少，就在此刻，競標現場的音樂教室裡，濃濃的鬥志與動機瀰漫在空氣中。

然後，火烤兩用鍋出場了！

當全新的鍋子出場，家長們的眼睛瞬間亮了起來。

學生們高漲的氣氛稍微有點冷卻，但，別忘了，我有祕密武器——是的，家長！

「好喔！好喔！」「新的ㄉㄟ！」

一位男孩的爸爸推了推他兒子的肩頭，「喊啊！」

「喔！」那位男孩明顯的尷尬了起來，搔了搔頭喊了一聲：「一〇〇點。」

「嘩！哈哈哈！」學生們戲謔地笑了出來，「孝子喔！」

一位母親微微地和一個小女生交換了眼神，小女生怯生生地喊出：「二〇〇點。」

「三〇〇點！」爸爸堅定地慫恿著男孩喊聲。

「四〇〇點！」媽媽帶著羞澀的表情看著女孩加碼喊價。

「五〇〇點！」會場隨著男孩的聲音再度出現騷動。

「六〇〇點！」女孩不再回頭看媽媽，漲紅著臉提高音量。

「七〇〇點！」爸爸也坐不住了，男孩義無反顧地附和著。

「八〇〇點！」媽媽摸著女孩的頭，含笑不語。

「九〇〇啊！九〇〇啊！」爸爸熱切地催促著男孩，男孩卻困窘地回過頭去，「我沒點了啦！」

「哇！哈哈哈！沒點了，哈哈哈！」學生們又是一陣哄堂大笑。

「笑什麼？」我正色地說：「他還有八〇〇點，你們幾個人有八〇〇點？」

會場瞬間只剩訕訕的細語。

女孩輕輕吐出一口長長的氣，彷彿壓力瞬間消散。

「啊好，以後每天學習護照給我檢查有沒有加點。」爸爸的這一句玩笑話讓會場又活了過來，學生們開始指著彼此說：「你也拿給我檢查啊！知道嗎？」

在掌聲中，女孩一貫怯生生上臺領取她用八〇〇點為媽媽換得的火烤兩用鍋。

「媽媽，上來給女兒鼓勵鼓勵嘛！」媽媽急忙揮手，害羞地後退了兩步。

我緊抓住機會，要她給女兒加加油，更重要的是，上來享受屬於她及她女兒榮耀的時刻！

拗不過我的盛情，媽媽上了臺，深呼吸一口，用不太標準的國語說：

「謝謝啦！大家要讀書啦！」她拉著女兒的手，「妳很棒啦，要繼續加油喔！」

掌聲再度響起，母女輕快地回座。

那個男孩的爸爸後來有沒有每天檢查兒子的護照我不知道，我只知道那個女孩的媽媽那天晚上一直到最後，臉上滿是驕傲與感動，她的女兒用一整個學期的努力學習，為地震後窘迫的家境獲得了一個火烤兩用鍋。

我去過那個女孩的家裡，幾近全倒的建築物用帆布遮掩凌亂的家具，而所謂的家具不過就是一些脫線或破舊的沙發或藤椅。女孩的房間也是她的書房，同時也是家人們大多數時間聚在一起的客廳，甚至衣櫃上方還得挪出當儲藏空間，堆放著紙箱和裝滿雜物的大垃圾袋。上廁所得祈禱不要遇上下雨天，一把傘得撐過走道，也要撐進天花板早已塌陷的廁所。

這在當時災後的北中寮地區不是特例，而是常態！九二一地震狠狠重擊了這個全南投經濟力最低的村落，讓這個全國最窮的平地鄉之一，陷入愁雲慘霧之中。

當大人們無奈地面對著重建而束手無策，在今晚，她的孩子卻用受教育的結果，改變了窮困的現狀，即使只是一個鍋，那麼微不足道的一個鍋，卻足以讓女孩深刻感受到受教育的無限可能。

所謂教育，不就是要給人希望，不就是要給人可以改變現狀的力量？

那個女孩和那個男孩，還有子平，都是我班上的學生，在後來的基測讓人看到了這樣的希望，感受到了這樣的力量。二十七個學生有六個錄取了中興高中（PR83）以上的學校，有十三個學生錄取了南投高中（PR71）以上的學校。

那個女孩是考上中興高中的其中之一，三年之後，她去了空軍官校機械科（據說是該年那個科系的榜首），現在的她已經在部隊裡服役，繼續用她的方式改變她貧困的家境。

一直到今天，我在開車上班的途中，偶爾還會與她騎機車去工作的老父親擦身而過，我們會隔著車窗用點頭交換問候，她的父親臉上也是羞澀的笑容，和當年那個羞澀的小女孩一樣的笑容，總是會讓我聯想起剛到爽中的第一年，與我擦身而過那些校車上學生的臉龐，但此時此刻，我淡淡的悲傷已不復見，取而代之的，是堅定而放心的微笑。

我永遠不會忘記這一年的跳蚤市場，因為它清楚地幫我傳達了我的信念：**翻身是教育應該創造給孩子的機會，但更重要的是讓孩子明白，得自己翻身！**

一直覺得自己可憐的人註定要一直可憐下去，只有願意付出、願意投入，只有想要爭取、想要改變的人，才有機會讓想望成真。

而教育，或者說身為教育工作者的我們，得使盡諸般手段讓孩子們願意在學習上付出，願意在基本能力上投入，願意在成功機會上爭取，並且相信受教育真的可以看見且發生改變。

學習護照是為了激勵他們願意付出，跳蚤市場是為了誘使他們願意投入。而八〇〇點的火烤兩用鍋則不僅僅讓他或她願意爭取，更讓他們看見無限可能，並且讓可能發生。

從基本出發

要讓無限的可能發生需要的是動機，但不能只有動機！

當動機如微弱的火星，然後竄出火苗，終於開始燃燒的時候，我們應該先給孩子們什麼？

當然是基本能力！

因為知道語文的學習有多重要，也明白語文是一切學習的背景知識，所以我們擬訂了語文抽背計畫。

二〇〇三年起，每一個學生每一週都要按照學期初就規定好的進度完成該背誦的內容，我改變了原本仿效他校模式之形式化抽背制度（當時每週僅一首唐詩，利用朝會時間由百餘名學生當中抽出三到六位上臺默背，通過的同學給予食之無味棄之可惜的榮譽卡，未通過的同學則罰跑操場或伏地挺身了事），新制度改請各班國文、英文老師於寒暑假時間參考下學期教材，規劃國文、英文各二十週進度，所選文章段落搭配教學進度所需，於學期初公布，要求學生利用每節下課時間自行找任課教師默背，當週進度於當週的每一天過關點數都不同，週五未過關或過關失敗由教務組統一扣二十點；同一天只能闖關兩次，過關標準為每一次停頓超過規定秒數即算失誤一次，失誤時給予提示一次，提示二次後，第三次提示即算失敗。另外，經任課教師認定學習有障礙或學習態度不佳之同學另行編成潛能開發小組，由指定之教師進行考核，特教班學生則由特教老師擔任考核教師。後來，我們發現有學生會超前進度，則其所獲點數為二十點乘以超前週數。

二〇〇四年，我號召了全體教師參與，計畫修訂為每位教師皆有考核權，但以任課教師或導師為優先，一年級下學期以後，學生經教師認定長期表現優良，可獨立編組自行互相抽背，過關與否由小組長認定即可，任課教師只需不定期輔導或抽驗。

二〇〇五年起，學習態度良好但表現較差者，可安排小老師（由老師指定熱心、優秀同學擔任）進行一對一協助。教務組於每學期末統計同學未過關週數，安排於寒暑假期間到校進行補背，由我及其他行政人員協助輔導至補背完畢為止。

二〇〇六年，當週未過關者，再增加了一次機會，就是要在下週三前補背。

二〇〇七年，英文抽背增加了中翻英，或者英翻中。

二〇〇八年，國文抽背字數增多五〇%。

二〇〇九年起，優秀學生開始分擔寒暑假補背工作。

二〇一〇年起，畢業前未完成抽背者，不列入本校免試入學薦送名單。

二〇一一年寒假，畢業校友志工團隊——爽中青年軍開始負責協助及認證寒暑假學弟妹的語文抽背補背。

很麻煩?很繁瑣?

但基本功哪能怕麻煩?哪能嫌繁瑣?

因為知道與世界接軌有多重要，也知道偏鄉弱勢學生的英文學習完全仰賴學校，所以我們規劃了英文分級檢定。

每一個學生依照能力及程度分級，要在國二結束的時候精熟一千二百個英文基本單字，我將教育部所公布國中學生必學之一千二百個基本單字整理成二十八個單元，一年級上學期為一～七單元，每一單元三十五個單字；一年級下學期為八～十四單元，每一單元四十個單字；以此類推，至二年級下學期為二十二～二十八單元，每一單元五十個單字。我將規劃的二十八單元打字編輯製作成學習講義，學生人手一本，並配合講義錄製二十八回的單字聽力CD共四片，一、二年級每班一套，並提供學生燒錄以便自學。每週規劃一天的晨光時間為聽力時間，由導師或英文老師陪伴學生聆聽並朗讀。

每三週安排一次英文單字分級檢定，實施聽力測驗，一、二年級學生由英文教師依據學習能力劃分為A、B、C三級，每一級學生的受測難度與及格標準都不同，共二十八單元的題庫由我設計製作，設計後的每一張單元試卷皆可讓三級學生同時測驗。及格的同學給予點數獎勵，不及格的同學須於隔週補考。

二〇〇五年之後，訓練表現優異之同學輪流擔任檢定補考官。

二〇〇六年之後，英文教師開始加入協助實施。

二〇〇八年起，這項計畫完全由英文領域老師負責。

二〇一〇年起，畢業前未完成英檢補考者，不列入本校免試入學薦送名單。

二〇一一年寒假，爽中青年軍開始負責協助及實施寒暑假學弟妹的英檢補考。

很陽春?很低階?

基本能力原本就不需要太花俏的表演或活動式的教與學，而低階，不就是通往更高殿堂的基礎?

因為知道閱讀與寫作有多重要，也明白偏鄉弱勢的學校資源及家庭支持無法提供足夠的便利與配合，所以我們推動了閱讀寫作計畫。

每一個學生每一個月都要閱讀至少三本課外讀物，並完成一篇心得寫作，國文老師親自批改每一篇並公布優秀作品。關於課外讀物，這裡還要岔出另外的話題。原本就相當不足的圖書設備在地震時毀損殆盡，搶救出來的老舊書籍與震後各界捐贈的書籍有幸安置於災後重建嶄新落成的圖書室，但因欠缺電子化借閱系統，學校又無其他人力可於課餘時間擔任圖書館借閱管理員，同學於短短十分鐘下課時間前往借閱的意願因諸多不便而顯得十分低落。為解決此一困境，二〇〇三年起，我規劃班級圖書櫃實施計畫，每個月第一週的第一節國文課由國文老師帶領學生至圖書館指導選書，每位學生借三本（至少包含一本該月學校指定閱讀的主題，其餘亦可搭配本月國文教學進度相關書籍選讀），由國文老師指導學生登記於個人的圖書借閱登記本裡。每班設立圖書櫃，借回來的三本書之一便先留著閱讀，其餘兩本則放置圖書櫃以作為同學流通之用。每班設立圖書管理員一名，負責處理班內借閱統計及登記事宜。每個月月初重複圖書歸還及借閱流程。

每月每位學生至少要交一篇心得。每月統計個人投稿數量最多之前三名給予不同點數（至少兩篇，若都是兩篇則同為第三名），班級發表數量（超過班級人數之正數最多者）為每月全校冠軍者（至少每人一篇），同學可享穿著便服到校二天的獎勵（唯不可於同一週）。學生稿件以心得書寫專用格式紙書寫，自行投至投稿信箱，字數不得少於四百字，經教務組統計後並公布發表文章次數。

為鼓勵優秀作品，如經該班國文老師或閱讀計畫推行小組老師挑選為當期優秀作品，每篇登記學習護照一〇〇點以茲獎勵，並張貼於藝文走廊供同儕觀摩欣賞。每學期末統計入選最多之前六名（需超過三篇），分別給予獎狀及不同點數，並於結業式上頒獎。

訓導組則協助將優秀文章投稿於校外刊物（比如：《南投青年》、中興圖書館定期讀書心得比賽……），一經錄用，另外給予點數獎勵。

除此之外，為了提供更多的作品發表機會，自二〇〇二年起，我們陸續開發多種多元發表平臺，提供學生發表機會，如：校刊、國文領域協同多元評量、主題活動學習單設計等。

二〇〇三年，規劃了藝文走廊，讓學生的藝文作品裝點校園，並設計隔宿露營晚會由學生分組自行創作劇本，演出各項重大議題。

二〇〇四年起，帶領學生共同研發創作學校簡介、創意書籤。

二〇〇五年起，將「閱讀，無所不在」設定為爽中的閱讀計畫核心價值。

很行為主義？很量化模式？

基本能力不就是由行為改變到認知內化的過程？而量化，不就是為了質的提升做準備？

我深深相信，所有對基本能力的堅持，都會在時間裡看見成長。

別忘了孩子們接受的是基本教育，如果基本教育無法讓孩子至少擁有基本能力，我們還能奢求其他的什麼呢？

這麼多年，我們看到太多表演式的、活動式的、聲光效果式的教學策略或模式，但那是在城市，在擁有良好家庭教育做後勤資源的環境或條件下，才能顯現效能的方式。而，我們在這裡，在這麼一個孩子連一句「This is an art book.」都會全班念成「This is阿姆」的偏鄉，在這麼一個孩子連《水滸傳》、《西遊記》、《三國演義》是啥東東都沒聽過的村落，在這麼一個孩子連一首五言絕句都背不完全更別提七言律詩的弱勢學區，我們當然得從蹲馬步開始。

當然得不嫌麻煩，不怕繁瑣；當然得由陽春出發，得由低階入門；當然得從行為的些微改變開始，得由量化要求著手。

當然得由這麼這麼基本卻無比無比重要的聽說讀寫開始！

玩出多元

但是，我當然知道不能只有基本能力而已。

每一個孩子擁有的智慧都是多元的，不是每一個孩子都是從同一扇窗看世界的，我們該給孩子的，是讓他擁有打開想嘗試打開的任何一扇窗的能力。

但我們要如何知道孩子的能力是什麼？他與生俱來的強項是什麼？他對什麼或許有著超乎常人的興趣？

因為不知道，所以我們只能創造機會讓孩子去發現。

所以我們這麼玩起多元課程來。

我們知道孩子們除了要認知課本裡那些說來有些遙遠的學問，或許還得先從認識自己所生所長的這個地方開始，所以我們規劃了鄉土教學，以孩子們生長的故鄉為教室，以故鄉的自然生態、人文史地、藝術建築及傳統民俗為教材，讓孩子們在三年內可以親自走過學區內的七個村莊，聽老師講解，聽地方耆老說明，聽本地導覽解說員闡述，聽一聽屬於這塊土地、屬於孩子們該認識的家鄉點滴。

我們知道孩子們除了要熟稔基本學測的各項學科，或許更需要的是學會一種終生受用的技能，所以開設了繪畫課、陶藝課，甚至二〇〇四年還成立了絲竹樂團，外聘了學有專精的藝術家們蒞校兼課。於是孩子們在捏陶拉胚當中，型塑了一件件別具巧思、創意無限的作品；在一筆一畫的勾勒裡，在一刀一鑿的雕刻中，描繪出一幅幅饒有意趣、樸實誠懇的畫作。我們並不強調參賽名次，我們要的只是參與，但孩子硬是在二〇〇四年的世界兒童畫展南投縣複賽中，包辦國一版畫類的所有共十八個得獎名額。這樣的感動很類似二〇〇五年六月絲竹樂團的第一次成果展，很類似二〇〇六年九月首次在鄉內的祭典裡演出，當咿咿呀呀不成調子的旋律竟然成了悠揚的樂曲，當生硬斷續的音符竟然成了動人的樂章，莊重剛直的校園霎時瀰漫濃濃藝文風。但重要的是，你很難想像這些孩子們是完全沒有樂器基礎的，如果我們沒有創造這樣的機會，在僵化的教育體制下，在規定得死死的班級數編制下，全臺灣像爽文國中這類六班規模的國中，是不可能會有音樂老師、美術老師，甚至連體育、童軍、家政等這類藝能科的老師，是不可能出現在學生眼前的，而只能由學校內原本的國英自數社老師去配課，我自己在爽中就教過體育、童軍、生科、工藝、音樂、美術、輔導等。除非老師是天才、是全才，不然，偏鄉弱勢學生的受教權就這樣光明正大、理所當然被教育體制犧牲掉了。我不想讓犧牲繼續下去，所以我想了辦法尋求突破，國樂當然不是音樂的全部，陶藝和繪畫當然也不是藝術的所有，但我要的只是一個機會，一個讓學生公平學習的機會。

我們知道孩子們的學習不該被簡單而隨意地設限，所以我們規劃了隔宿露營。都市裡的學校多半將這類活動委外辦理，要學生繳費然後由業者負責所有活動安排，課程本身是否合適或帶著什麼樣的教育意義，我不便質疑，但我們這樣的偏遠小校，學生家境不好，畢業旅行能夠負擔得起已是萬幸，如果要另外花錢參加隔宿露營，談何容易？於是，自二〇〇二年起，我規劃了二天一夜校內隔宿露營，整合了七大領域課程，邀請其他老師一同參與設計，融合了鄉土走讀、學科闖關、野炊，其中，同學們最瘋狂的應該是晚會的演出了。我將各項重大議題設計成不同演出主題，讓老師們指導各小組去完成劇本並排演，在一天的時間內完成所有包括音樂、服裝及道具的準備，然後晚上粉墨登場。

每一年的晚會總是歡笑尖叫聲不斷，家長們與老師們往往為學生的創意及各項能力的迅速精確統整感到驚奇連連，學生們則是盡情享受屬於他們聚光發熱的夜晚，總是在依依不捨的心情之下，離開音樂教室，但也總是馬上就忘記捨不得的情緒，因為，今晚，要住在學校，在帳篷裡，與同學一起。

學生們會很興奮地嘰嘰喳喳個不停，我則是會習慣性地靜坐在操場旁的階梯，有時候幾顆星星出現了，有時候又全都消失了。因為是在秋天，略顯涼意，我就坐在帳篷旁，直到說話的聲音漸小，然後一片寧靜。

有多少學生會在學校的操場上露營？跟著同學一起享受老師們設計的課程，然後在學校裡沉沉地睡去？甚至，可以一起在學校的操場迎接日出？

我並不想要讓學校變成一個又一個活動不停的地方，也不想要讓學生只是很high地玩過一次又一次的活動，對我來說，活動的趣味或創意都只是手段或工具，重要的是，學生學到了什麼？

鄉土教學以故鄉為教材，讓社區的人士成為老師，教孩子們學會自然、歷史、地理、生態及語文。

藝文教學以音樂、繪畫或泥土為教材，專業的外聘藝術家成為老師，讓孩子們擁有公平的受教機會，去發現自己的多元潛能，去找到屬於自己的成功機會及經驗。試想，如果校園裡只有國英自數社的課堂學習，會是多無趣的一件事！

隔宿露營以學校為教材，讓老師們將學科添上不一樣的面貌，讓孩子們展現統整與融會的能力，給他們舞臺，讓他們成為學習的主角。

所有的活動都以學習為主軸，以創意為手段，以樂趣為誘因，以多元為基調。

如果，沒有基本能力，孩子在活動中將只是走馬看花的觀光客；如果，沒有多元課程，孩子們會被整日整月整學期不停不停的基本能力綑綁與束縛，然後麻痺，然後放棄。

我永遠會記得二〇〇五年六月的那個下午，絲竹樂團首次成果展發出了第一個音符時，我的眼淚幾乎奪眶而出，當我因為害羞而轉身暫時走開，一個資深老師跟了上來叫住我，她說：「這怎麼可能？」當咿咿呀呀不成調的殺雞聲變成悠揚動人的樂曲，誰也不相信這是來自鄉下幾乎沒有任何樂器基礎的孩子發出的樂音，**當爽文國中的學生從蹲著躺著聊著八家將變成抬頭挺胸的小藝術家時，當爽文國中的學生從不識之無的文化低落孩子變成具有競爭力的未來之星時，誰還會懷疑，教育不能改變孩子的未來？**

給他基本能力，給他多元課程，孩子們會做到的！

歡樂的聚會

孩子們會做到的事情，其實遠遠超乎我們的想像！

二〇〇一年，一次偶然間的藝文成果發表機會，讓我看到了學區內清水國小學生樸拙但讓人眼睛為之一亮的學習能量，後來約略知道當時清水國小的林宜誠校長是土生土長的北中寮人，在地震之後自願回到家鄉為自己鄉親的子弟們服務。

二〇〇二年，在一個機緣下我去到了學區內的另一個國小——爽文國小，欣賞南北中寮共四個國小（另三個學校是清水、永和、廣福）所組成的英文教學策略聯盟的成果發表，這個策略聯盟是由林校長所發想主導，他把在南中寮前一個服務學校（也就是廣福國小）的教學成功經驗及資源，引進到北中寮這個相對比較落後保守的教學環境。

看著那些國小的孩子們在臺上充分展現他們英文學習的各項成果，包括戲劇、歌唱、舞蹈、脫口秀等，我的心裡充滿感動，於是，我走向前，向始終微笑著欣賞孩子們認真演出的林校長自我介紹，這個舉動開啟了我與林校長接下來長達七年的深厚情誼。

我與林校長提出了國中小策略聯盟的初步構想，獲得了林校長及謝校長的認同，經過討論與規劃，二〇〇三年，北中寮四校策略聯盟誕生。

在提升教學品質的諸多要素中，專業的教師團隊是決定性關鍵。除了各校校內團隊力量的凝聚，跨校策略聯盟是解決資源不足地區，專業師資未臻完備的最佳方法之一，這是我希望北中寮四個國中小能統整起來的第一個想法，但，讓在地的孩子擁有一個值得信任、願意留下來九年的完整學習環境，是我更在乎的事情。

家庭經濟條件好的孩子，家長有更多更大的能力可以為他們選擇學習的環境，但貧窮的孩子沒有！

貧窮的孩子生在哪裡，就得在哪裡讀書受教育，他們沒有能力做其他的選擇，只能接受他們遇到的環境。

如果夠幸運，窮人家孩子生長的環境裡有不錯的公立中小學，那他們藉著受教育而翻身的機會也就大一點。但，我們知道，這些窮人家的孩子通常不夠幸運，因為種種的資源及師資局限，他們有很大的可能會遇到我們經常看到教學效能不佳的公立中小學，特別是在偏鄉弱勢地區，比如，北中寮。

我和我的夥伴們在謝校長的支持及帶領下，已經在國中這個階段做了努力，試圖讓來自於這樣一個經濟力貧弱地區的孩子們，擁有公平而多元的受教機會，如果國小一起加進來呢？

如果整個學區一樣弱勢的孩子們都能得到相同的公平對待，會不會讓孩子們更不一樣？

好酷的想法啊！

二〇〇三年，由合辦活動模式開始，我們辦理了四校聯合運動會，然後試著進行教師之間的對話。

二〇〇四年，藉著更為緊密且深入的討論與觀摩，針對榮譽制度、藝文特色及新校園運動等各項議題取得共識，提出以各校藝文特色為主，配套各項創新教學主題活動的聯合成果展示為輔，架構了此一策略聯盟計畫。希望這樣的一個策略聯盟，能為學區學生創造更多學習機會，為社區家長提供更多未來願景，更為北中寮四校的發展開啟更多迎向希望的窗口。

我知道教師之間的對話對於孩子的學習協助有多大，於是我規劃了國中小領域專業對話，每學期兩次，由各校輪流辦理，各校各領域教師針對設定的主題討論並分享在教學現場的所見所得，期望透過分析學生學習優劣勢，尋求教學問題解決之策略，可能的話，進而設計銜接轉化學習教材，並藉此凝聚各項校際活動共識。

我知道專業師資不足對於孩子的學習影響有多大，所以我統整了各校在藝文領域這一塊發展的特色，包括爽文國小的繪畫與直笛，清水國小的繪畫與絲竹樂以及永和國小的陶藝、口風琴，將這些統整為爽文國中的藝文教學特色——陶藝、繪畫及絲竹樂；接著，試著統整四校藝文領域外聘專業教學師資，讓外聘老師們更願意進來這個偏遠的學區任教。於是，我們擁有了畫家蕭東宜老師（爽小、清小、爽中），陶藝家葉萱動老師（清小、爽中）、辜志鵬老師（永和）以及絲竹樂部分的張卓立老師、曾莉雯老師（清小、爽中）；最後，我規劃了四校聯合成果發表，包括動態藝文展在每年六月合併跳蚤市場實施，靜態藝文展則在每年十二月合併四校聯合運動會實施，就在爽文國中舉辦。

我知道激發孩子的學習動機愈早愈好，榮譽制度推得愈久愈有機會從外在的行為改變內化成為認知習慣。於是我整合各校自行實施的榮譽制度，在每年六月辦理四校聯合跳蚤市場，讓四校學生平常在各自學校所實施的榮譽制度中所獲得的獎勵點數，都可以拿來兌換二手商品。

我知道認同自己的故鄉愈早愈好，於是試著統整各校的鄉土教育，在三個國小部分包括：設定假日森林小學自然生態、人文歷史及鄉土語言為各自的學校本位課程，以各國小為教學現場，於學期中實施各校的鄉土教學，到了國中之後，將觸角由校內延伸到社區。我還將學區內的七個村莊規劃為三個區塊，分三年輪狀實施校外鄉土教學，配合隔宿露營時實施。

我期望透過領域專業對話，掌握孩子學習優劣勢，銜接轉化學習教材；我期望整合資源以解決師資不足問題，發展陶藝、繪畫及絲竹樂等藝文領域課程為共同特色，延展孩子學習機會；我期望強化榮譽制度，刺激學習動機，型塑學習態度，養成生活教育，提升學習效能，讓全學區都籠罩在動機增強的氛圍之下；我期望統整各校本位課程，永續經營災後新校園特色，讓社區資源可以有效運用，讓地方耆老或專業家長成為最佳的鄉土教學講師，讓學生可以更深入更全面地認識鄉土在地文化。

我更期望所有沒有選擇而生在這裡長在這裡的孩子們，能夠不必為了沒有更好的選擇而失去可以藉著受教育翻身的機會，而所謂更好的選擇，不就是這個國家這個體制應該給孩子們的基本權利？

北中寮國中小四校策略聯盟用屬於自己的方式，為這個文化不利學區的孩子們提供一個不輸給外面世界的選擇，讓他們可以在九年的時間裡，累積將來可以出外打拚的競爭力，不管是基本能力，還是多元才藝，都能享有原本就該屬於天賦人權的公平對待。

二〇〇五年，第一次的四校藝文成果展在爽文國中開演，看著四校的大小孩子們輪番上臺展現學習的成果，我在將近百位家長們的臉上看到與林校長一樣的笑容，那是一種滿足而欣慰的神情，在愉悅當中，還帶著一絲絲的驕傲與興奮。

相聲、戲劇、樂器、口說，甚至清水國小的節目全程由小朋友擔任主持及串場工作（二〇〇六年開始，其他兩個國小也都完全跟進），節目豐富而多元，三個小時的時間彷彿不夠用，孩子們做到的事情遠遠遠超出所有人的想像，包括我在內，都為這樣的氣氛感動到不行。

當最後一個節目出場，所有家長，甚至連老師們都興奮到了最高點，那是由爽文國中和清水國小兩校的絲竹樂團要來一場大合奏，沒有彩排，沒有預演，在孩子們井然有序地上椅子、排坐位、喬分部的那幾分鐘裡，我簡單地和清水國小的唐有慶主任交換了待會主持的對白，卻發現他也和我一樣興奮到有些語無倫次！

第一首曲子開始了，家長們還有些害羞，只有些許的騷動，卻沒有太多的肢體動作；曲子終了，如雷的掌聲才猛然爆裂開來。第二首曲子，我們選擇了〈歡樂的聚會〉。我簡單地開場，隨著音符一落，我帶著大家拍手打節奏，但顯然純樸而憨厚的家長們還不習慣用這樣的方式表達他們的投入與支持，掌聲有些稀落。幾個小節之後，隨著樂曲轉折進入高潮，掌聲逐漸熱絡，終於，就在演奏的孩子們隨著樂曲的橋段抖擻而整齊喊了一聲「嘿！」之後，發了狂似的掌聲隨著逐漸加快的節奏幾乎掀翻了屋頂！

家長們開始有人叫出了「喔！」或者「耶！」孩子們開始隨著樂曲搖擺。

樂音整齊劃下休止符的那一刻，我望向林校長，這位兩鬢花白的在地人，他一貫微笑的嘴角咧得更開了，從側面的角度看過去，他眼眶裡的淚水，似乎就要潰堤！

這是一個歡樂的聚會，四校的孩子們給了所有家長及老師們無數個可以歡樂聚會的理由，但其中最重要的一個是：**給我們公平的對待，我們就會開出美麗的花！**

曲終人散

謝校長在爽中的那幾年，類似這樣歡樂的聚會經常上演。

雖然百廢待舉，雖然千頭萬緒，可是，我似乎不曾在校長的臉上看見過煩躁或不耐的神情，他總是笑咪咪地面對所有大大小小的難題或瑣事，並且不忘鼓勵我們放手去做。

那些年，九年一貫課程剛上路，一切的一切像打翻的顏料，抽象而錯雜，對於我這個其實才剛剛回到教學現場的菜鳥而言，綱領啊、指標啊、規準啊什麼跟什麼的，就像外星文字一樣，難懂又複雜。

反正都交給謝校長就是了！

他負責搞定那些讓人迷惑不解的鬼東西，至於我們呢，他說：「先把幾個主題活動變成課程，讓課程走在活動前面，並且貫穿其中。」

喔，課程？課程是什麼？

很多年以後我才漸漸明白所謂的課程，甚至，我還考取了課程與教學研究所！但那時的我，或者夥伴們，其實都一知半解，但校長要我們先設計，先做，先感受。

好吧，那就來吧！

我記得我與爽中的夥伴——文龍兄和鈞鼎兄分配到的是畢業典禮。

為了讓這個原本在我們學校平凡無奇的活動變成一個課程，我們費了不少功夫去試著搞懂課程設計的必要元素，然後再融入爽中的教學特色，期待設計出一個有意義又本位的教學課程。

那天，我們相約到文龍兄的家裡討論課程，並且希望能夠定案。

傍晚時分，在咖啡香中，我們開始了對話，文龍兄的夫人在高職夜校任教，剛好要出門上課，她說：「加油啊，我出門了，你們忙。」

然後，幾個小時過後，她回來了，開門上樓發現我們，她以一種不可思議的表情看著我們說：「你們還在啊？」

對啊，我們還在，而且待到很晚，印象中是過了午夜。

離開時，我滿臉疲憊，但卻無比興奮和滿足，因為我們認真而投入地完成了我們的

第一個課程設計。

我已經不太記得完整的課程設計內容，當年的這個課程內容也沒有完整保留下來，但是，我清楚記得，像這樣的課程設計，當年我們經常上演。

經常上演這樣充實而歡樂的聚會！

為了重建校園，謝校長和我們會在週末假期到學校，跟著遠道從北部包遊覽車下來的慈濟爸媽還有學生及家長，一起挑水泥、搬磚頭、鋪地板。

為了生活教育，謝校長和我們會不厭其煩一次又一次地要求學生，拜託家長，溝通老師，聯絡社區。

為了多元課程，謝校長和我們會耐煩規劃課程，多方爭取資源，尋求社區協助，協調教師融入，整合行政聯繫，全程參與到底。

為了基本能力，謝校長允許我想到什麼就做什麼，要怎麼修正就怎麼修正，錯了他教我改，有事他負責。

一直都是這樣，他笑咪咪地聽我說我想做的，提醒我該注意的，教我應該要知道的，然後，要我放手去做。

那天也是這樣的。

是暑假期間，七月的最後一天，我們幾個夥伴在總務處聊著，我興高采烈地描述下個學期我想嘗試的規劃，突然，一通電話要謝校長到教育局裡。

我們沒有多想，繼續修飾和描繪我們的夢想。

兩個小時後，校長回來了，我起身迎接，準備繼續說，難得的嚴肅表情出現在他臉上，但仍是輕聲細語地說：

「幫我準備一下移交清冊。」

「什麼清冊？什麼移交？」

「他們要我到中寮國中去。」

「……」

我從來沒想過校長會離開，天真的我以為他一直都會在這裡。

是真的很天真，因為我從來沒想過會有校長調動這件事。

接下來的幾天，我難過到沒有任何力氣做任何事，甚至，連送謝校長到中寮國中履新我都缺席了。

我不想接受這樣的事實，無法想像沒有謝校長我還能做什麼？

徬徨，無力，茫然。

新學期開始了，學生放完暑假回來上課了，校園又熱鬧了，一切又開始運轉了，而我知道，我的靈魂，還停留在那一天。

二〇〇二年七月的最後一天！

歡樂的聚會曲終人散的那一天！

莫忘初衷

我不是耍賴的小孩，我當然知道曲會終，人會散！

二〇〇〇年，陪伴了我七年而終於離開的那個女孩已經教了我這件事，用一種決絕的方式告訴我沒有什麼會是永遠，那種學會並且明白的代價，讓我呼吸都會痛，讓我紅燈滅了綠燈亮了都忘了要踩油門！

而謝校長的離開，再一次讓我複習了這樣的無助與茫然，我當然不是gay，我失去的當然也不是同志之間的愛，但卻是與二〇〇〇年一樣的慌張。

我不知道還可以依靠什麼，我不知道還能往哪個方向走。

開學了，新學期了，我把我的新規劃付諸實現了。

但我很空、很虛，我不知道這樣做對不對，不知道如果錯了要怎麼辦，甚至，不知道要不要繼續下去，要不要繼續所有的努力與堅持。

就和二〇〇〇年一樣，我沒有告訴任何人我心裡的感受，我甚至沒有讓任何人看出我有什麼不一樣，每天我帶著笑臉迎向每一個望著我的學生，帶著活力面對每一件等著我處理的事情，只有和自己獨處的時候，我才會問自己：怎麼辦？

我沒有打電話給謝校長，偶爾在某些場合碰面也只是禮貌而熱絡地握手寒暄，不會觸及我在學校做些什麼，也不會談起我遇到了什麼困難，更不會說出對於未來我還有什麼夢想。

我很勉強地答應了那一場後來的邀約，時任教導主任的戴主任、文龍兄和鈞鼎兄說謝校長想和我們聚聚聊聊。

我晚了他們一會兒才到場，坐定之後，大家問：「要喝些什麼？」我猶豫著，啤酒一向不是我的強項，我討厭飽脹的感覺。

謝校長不疾不徐地拿出一瓶 Suntory，說：「政忠愛喝這個，我有帶！」

在酒酣耳熱之後，所有那些這些點點滴滴我們一起努力過的記憶，被一一翻出來重新笑鬧著，酒過不知道多少巡，那瓶四〇%的我的最愛，除了謝校長意思意思淺嘗了幾口之外，幾乎全入了我的喉，進了我的胃，然後隨著血液循環在全身神經系統迴繞，然後化作過往的豪情壯志，掏心掏肺地杯觥交錯，七百毫升呢，我的天！我一杯一杯加滿，一口一口下肚，讓臉紅燙，讓腳輕浮，讓世界搖晃，讓地面洶湧。

當酒愈喝愈好喝，最後終於開始難喝起來的時候，你會開始語焉不詳、口齒不清地說：「我沒醉！」

我是醉了，他們堅持不讓我開車，而我連拒絕的力氣都沒有。

文龍兄開我的車，鈞鼎兄開他的車載我，回到家，他們攙我下車，要我快上床睡覺，我突然清醒起來，要他們別走，我有話要說！

後來他們一直拿這段陳年往事「ㄉㄧㄤ」我，說我站都站不穩了，只能靠著車門勉強撐著，竟然還有力氣滔滔不絕、比手畫腳、口沫橫飛地說了半個小時，他們幾次想要打斷我，都被我硬生生把話接回去：

「我沒醉，聽我說完！」

我是沒醉，我還清楚記得那一年那一天我和謝校長在樹下或者走廊或者校園裡的哪一個角落聊的事情。

聊城鄉差距，聊公平機會，聊資源不均，聊積極差別；聊我們可以做些什麼，聊他們或許需要什麼；聊孩子，聊未來，聊孩子的未來。

我沒醉，我說了我想做的事，說了我的夢想，說了三十分鐘，才甘願放他們走，他們就這樣在我兩旁罰站，直到我步履蹣跚地轉身進屋。

至於進了屋，爬了兩階樓梯之後的所有事情我都沒有記憶了，彷彿被消磁或者刪除一樣，完全空白。

醒來已是隔天傍晚，十八個小時之後了。

我只記得我躺在三樓房間的地板上，圍著我繞了一圈的，是昨晚金黃芬芳的液體，當然，還有滿桌的山珍海味。

呵呵，豐盛得很呢！

口乾舌燥之外，是頭痛欲裂的折磨。我撐起身，梳洗，然後喝水，吐完再喝水，喝完再吐水。

吞了一匙又一匙的強胃散——當然，也立刻就又還給了馬桶。

我索性不再吃不再喝，癱在長沙發上，細細回想。

我為了什麼留了下來？為了什麼付出？

讓我願意留了下來的是謝校長，還是這裡，北中寮的孩子？

打動了我的心的，是地震時抱著我哭的孩子的眼淚，還是重建開始後，偏鄉弱勢的孩子們翻身的可能？

這一路走來，二〇〇〇年到二〇〇二年，我跟著謝校長所做的一切，是為了成就謝校長，成就我自己，還是成就孩子？

謝校長不需要我的成就，他從來就不缺乏成就，也不需要旁人為他成就。

我自己沒想過也不奢求在這樣一個貧窮封閉的落後村落會有什麼成就，因為我還是認為完成了應該做的，我還是要走。

是孩子需要成就！

謝校長啟發我的，是孩子需要公平的成就機會。

謝校長讓我發現的，是這樣的成就機會所需要的策略與行動，我可以做得到。

而孩子需要的，以及我做得到的，都還沒有完成啊！

我怎麼可以不繼續呢？

我想起多年以前我寫在高中時的日記本裡的那句話：

莫忘初衷！

而，多年以後，我才逐漸明白，**真正的領導是即使離開了你的位置，你在這個位置上所做的付出與投入，仍然繼續運轉，甚至，運轉得更好。**

如果，我可以回報一些些謝校長啟發我的以及他讓我發現的，就讓我繼續實踐他真正的領導吧！

那一年，謝校長離開的那一年，是二〇〇二年。

二〇〇三年，學習護照，跳蚤市場，藝文外聘師資，語文抽背。

二〇〇四年，四校策略聯盟，英文分級檢定。

二〇〇五年，絲竹樂團，六個中興高中，六〇%國立高中職。

二〇〇六年，二十年來第一個中一中，七〇%國立高中職。

二〇〇七年，絲竹樂團南投縣代表權，八〇%國立高中職。

二〇〇八、二〇〇九、二〇一〇年……

真正的領導。

莫忘初衷！

第六章　希望工程

驕傲什麼呢？

我按照著心中的藍圖，開始希望工程的建構。

要給孩子成功機會，要堅持基本能力，要激發學習動機，要營造校園氛圍。

這是摸索出來的藍圖，也是無法置身事外的責任，我沒有太多時間抬頭看外面的世界，我也沒有太多把握可以改變些什麼，只是義無反顧地一路往前。

直到那一天，二〇〇四年的某個夏日午後，畢業三年的學生回學校閒聊，話題中談到對「母校」的感覺。他說：「大部分的同學對於他們所畢業的國中並沒有太多的情感，即使有，也只是對於在校時特別親近的老師或同學有些懷念。」

「那很正常啊！離開之後，也就散了、淡了。」我說。

「但我們爽中的同學不會唷！」他微笑地說道，「我們向同學提起母校時，除了想念，還多了那麼一點驕傲……」

「驕傲什麼呢？」我好奇地問。

「也不是很清楚ㄋㄟ！」他搔搔頭說：「大概是我們學校的老師很讚吧！」

驕傲什麼呢？

當兵前，在出席的場合中，如果即將輪到自己說出服務單位或意識到別人即將問起你在哪兒教書，一種羞赧的情緒總會不自覺地油然而生，搞不清楚其來何自，不過就是教書嘛，在哪兒還不都一樣？但就是覺得別人說出中興國中或南投南崗之類的大校時比較鏗鏘有力，似乎在那兒比較有前途——雖然不過就是教書。那些大校的老師總會一派習以為常地說：「哎呀，六班比較輕鬆啦！」輕鬆代表比較好混，我知道，但我不想好混啊！輕鬆代表反正你們那樣的小學校就是那個樣子啦，我知道，但我不想就那個樣子啊！輕鬆代表鄉下學生比較好應付，我知道，但我不想只是應付啊！

但是，希望工程開始後的這兩年，如果有機會到外頭參加活動或開會，輪到自己發言或是別人問起自己的服務單位，我總是會不假思索地說出：「爽文國中！」聲調中，似乎也帶有那麼一絲絲的驕傲。

驕傲什麼呢？

如果，學校的老師無法對自己服務的單位感到那麼一絲絲驕傲，那又如何期待學生在這個學校學習會有多好的觀感？如果，一個學校不能讓任教的老師感到值得付出，那又如何期待學生對於身處的教學氛圍會有多少的感覺呢？如果，只是如果，教學只是教學，學習只是學習，沒有多一點點的願景，沒有多一點點的熱情，沒有多一點點的奉獻，爽文國中這個山裡偏僻的鄉下小學校如何會讓老師願意選擇、願意待下？如何會讓學生願意進來，願意留著，願意在離開之後，記得回來？

地震之後，百廢待舉，但新校園的建築如今也已矗立眼前，逐漸添購完備的教學設備雖稱不上足夠，但也大致符合目前的需要。所有當初懷抱大愛投入的菩薩們都已陸續離開，剩下的，就是生活在其中的我們。日升月落，四季在爽文遞嬗，十五年過去了，待在這裡的老師學生們創造了什麼？留下了什麼？獲得了什麼？外面的世界日新月異，腳步快速，仍算封閉的北中寮七個村落仍舊在尋找出路，對於震後出走又陸續回校就讀以及沒走的孩子們，我們給了他們什麼？

我們用心對待這鄉裡的大小孩子，期盼他們能在這裡學習得更好，期盼他們能得到公平而不應付的對待，期盼他們能享有天賦的權利，期盼他們能看見機會的窗口，唯一忘記期盼他們的是離開這裡之後，在別人問起來自哪裡時，能不自覺地流露出那一絲絲的驕傲。

然而，我們的孩子們卻在離開後，微笑地對我說：「有那麼一絲絲的驕傲呢！」

聽了之後，我也不自覺地浮現那一絲絲的驕傲。

那些日子，有幾個星期的週六早上，一些學生會固定到學校來布置禮堂，孩子們的美術技巧當然與過去幾年不可同日而語，但我更喜悅的是他們投入而專注的態度，不是為了某項任務的完成與否而斤斤計較，而是一種願意付出、願意奉獻的熱情與心意，他們知道這是我們的校園，這是我們自己的地方，必須如此誠懇而認真。這，不就是學校老師們的態度嗎？

如此的老師們，才有如此的學生啊！

這不就是那多一點點的願景、多一點點的熱情、多一點點的奉獻嗎？

如果，老師們也對這裡感到一絲絲驕傲，學生們也就會對於能在這樣的校園裡感到驕傲；如果，老師們也認為這裡值得付出，學生們也就會對於這樣的教學氛圍感到值得珍惜；如果，只是如果，教學不僅是教學，學習不僅是學習，這裡，就會值得我們一起驕傲與珍惜。

老師們，辛苦了！那些年你們認真的付出與無私的奉獻，成就了這裡的一切，成就了學生們願意珍惜與感到驕傲的園地。未來，我們還有很長的路要走，期盼與你們一起努力，一起付出。謝謝囉，夥伴們，替孩子感恩你們！

孩子們，加油囉！過去幾年你們認真的學習與努力的成長，成就了讓我們引以為傲的表現，成就了鄉民們都引以為榮的改變。未來，你們還有很長的路要走，期盼你們繼續加油，繼續往前。加油囉，孩子們，老師為你們祝福！

驕傲什麼呢？來，加入我們，你就會明白。

無心插柳的驚喜

但驕傲的還不只是這些而已！

所有這些我們給予學生們的，其實原本都是他們應得的。

所有的孩子原本就應該受到良好而公平的教育，包括多元的教學課程，堅持的生活教育，紮實的基本能力以及用心設計的動機激發策略，這些不過都是孩子們應得的。

不管是貧窮或富裕，城市或鄉村，山巔或海濱，單親或新住民。

每一個孩子都應該這樣被對待。

在爽中，我們努力讓每一個孩子都這樣地被對待。

我們盡力去栽種每一朵花，期盼他們都能信心滿滿地開花，開出屬於自己的一朵花，或者不只一朵花。

我近乎刻意，有心地在乎生活教育，有心地提供成功機會，有心地激發學習動機，後來，我甚至有心地塑造校園氛圍。

於是，當這些有心地在乎，讓每個孩子自制地坐有坐相，自律地站有站相，自愛地非禮勿言，我知道，這是第一朵開出的生活教育的花。

於是，當這些有心地提供，讓每個孩子可以隨興地畫上兩筆素描，自信地吹拉幾聲絲竹，愉悅地捏出整桌陶罐，我知道，這是第二朵開出的成功機會的花。

於是，當這些有心地激發，讓每個孩子踴躍地完成語文抽背，努力地通過英文檢定，認真地在乎課堂表現及作業，我知道，這是第三朵開出的學習動機的花。

於是，當這些有心地塑造，讓每個孩子自發地互相提醒遵守生活常規，常態的彼此叮嚀達成學習要求，習慣地呵護班級榮譽甚至愛惜學校名聲，我知道，這是第四朵開出的校園氛圍的花。

我們珍愛地環顧這些高高低低、大大小小的花朵，所有師生們都仿若置身山城裡的後花園，呼吸著空氣中芬芳而多樣的美好氣息。為這些我們有心栽種而終於小有所成的燦爛與繽紛，感到驕傲與驚奇。

驕傲的是，這樣貧瘠而受創的土地，這樣弱勢而不良的種子，竟然可以抽芽、茁壯而綻放，並且迎風搖曳生姿。

驚奇的是，這樣不利而貧乏的偏鄉，這樣克難而辛苦的努力，竟然可以孕育、扶植而栽培出也許外人看來尋常一般，但卻令我們珍而重之的花花朵朵。

只是，我們怎樣也沒想到，當初不敢奢求也不敢多想的那朵市儈卻實際的牡丹，竟然也悄悄地傳來馨香！

二〇〇五年，第一屆完整經歷所有學習策略——包括語文抽背、英文檢定、學習護照、跳蚤市場、藝文教學、策略聯盟等——的三十九個孩子們（包含選擇技職路線的十二個學生），竟然在國三的升學考時，六個考上中興高中以上（PR83），十三個孩子的PR在七十以上，整體考取國立高中職的比例竟然來到六三%。

這一年最高分的畢業生，後來還進入了國立大里高中的資優班。

升學不是我當初規劃設計並且推動這一切的初衷，我只是想要提供一個公平的機會，讓所有孩子們都能得到受教育時應該得到的對待。

我只是認為這些對待不應該理所當然地只存在於資源相對充裕的學區，更不應該刻意地忽略這些應該的對待其實不存在於某些偏遠的地區，然後無視地犧牲掉這些弱勢孩子的天賦人權，或者說，人生的翻身機會。

我是這麼相信著的，因為我也是被這樣幸運對待而走過來的，如果不是國小、國中、高中大學時期的幾位老師這樣教育著我，這樣提拔著我，我的人生不會有這樣翻身機會。

但，我並沒有認真想過，或者說，不敢天真地認為所有我的這些舉措，除了讓爽中的孩子們得到公平的學習機會之外，還能讓他們的人生與我一樣，可以獲得一把打開不一樣人生的鑰匙。

我並不認為考上國立高中、錄取國立高職純粹只是一個國中升學成績的數字堆砌，至少，對於爽中，對於這樣一個偏鄉弱勢的學區而言，「國立」代表著家庭經濟負擔的減輕，「高中職」則代表著願意繼續升學，願意繼續累積競爭力，願意繼續為自己能夠改變貧窮的現狀找尋一條可能的出路，一條可以憑藉知識、憑藉專業改變自己人生的路。我無意否定私立高中職對於教育的貢獻，只是對於我們的孩子而言，微薄的家庭收入，實在無法承擔更多的就學費用支出，而這往往也是過去爽中的孩子們國中畢業就投入勞動市場，或者在私立高中職念到一半就輟學入伍服役、就業的主要原因。我更無意否定國中畢業就必須中斷學業幫忙負擔家庭經濟的孩子們的辛苦與偉大，但，無可否認的，在這個時代，**多一些專業知識，就多一些可能的競爭力；多一些競爭力，就多一些可以改變現狀的本錢。**

或許可以這麼說，升學是為了投資，投資自己未來可能的更大更豐厚的報酬。而這樣的投資，目前看起來，報酬率也的確是挺高的。

即便是從事美髮行業，有證照的和沒有證照的，除了是設計師和洗髮小妹之差的門檻之外，時薪單價更不知道落差幾倍？更何況證照有甲、乙、丙分級。

而證照不也是繼續升學、繼續受教育才能獲得的嗎？

只是，真的，一開始，我真的不敢奢求，會有這樣的升學表現。

二〇〇五年之後，二〇〇六年的國立高中職比例突破七成，而且，出現了PR99的驚奇數字。

我永遠記得我和我的教師夥伴們一起輸入「澎澎」的身分證字號，按下確定鍵，電腦畫面跳出國英自數社五科只錯三題的瞬間，我們都忘情地發出尖叫，為這個從來沒想過的數字興奮、歡呼。

臺中一中耶！不靠任何特殊加分耶！沒有補習耶！

「澎澎」接受記者採訪時還說：「我在跳蚤市場換了一本字典！」

二〇〇七年再接再厲，二〇〇八年突破八成，二〇〇九、二〇一〇年持續穩定。

二〇一一年，三十五個畢業生，靠著免試、基測、申請、技藝學程，有三十一個錄取國立高中職，比例是持續而穩定的八八%。

對我們而言，臺中一中或臺中女中都是可遇不可求的奇蹟，國立高中職才是我們在乎的目標。

這代表著我們把整個爽中原本位於中下階層的學習表現板塊，帶上了中上水準。

更重要的是，**PR25** 以下的比例，由十四年前將近五〇%，二〇〇五年下降到了低於三〇%，然後是目前的二〇%上下。即便是 **PR10** 以下的比例，也由最初的二二%，到現在的一二%上下。

二〇一一年三月間的某次國三中區聯合模擬考，**PR10** 以下的比例甚至出現了六%這個數字。

這些原本在任何地方都可能會被忽視，被遺忘，甚至被放棄的孩子，在這裡，在爽中，拿到了一把微不足道卻意義非凡的鑰匙。

這把鑰匙足夠讓他們打開通往不一樣人生的大門。

如果說，生活教育、多元學習、成功動機，或者校園氛圍，是我們有心栽花的感動，那麼，這樣的升學表現，或許是我們無心插柳的驚喜。

或許，這樣的數據與比例放在城市，只是印證了一個原本就應該出現的數學常態分布，但在這裡，在這樣一個弱勢偏鄉的學區，在這樣一個十五年前彷彿動物園般的校園，是多麼彌足珍貴，多麼價值不菲！

這樣無心的驚喜，讓我們用心孕育出來的花朵，馨香更持久，枝葉更飽滿，骨幹更強韌。

未來，更向陽！

我的A's

向陽，呵，是啊，二〇〇五年畢業的這一屆孩子們，的確是向著陽光的一群傻孩子啊！

他們是完整經歷爽中所有希望工程教學策略的第一屆畢業生，除了絲竹樂團成立時因為他們恰好升上國三，所以無緣接觸樂器外，其餘的教學嘗試和設計，他們都經歷了。

甚至可以這麼說，他們是陪著我、幫著我將希望工程的每一塊拼圖逐一拼湊起來的一群孩子：小可愛和婉欣花了很多時間跟著我設計改良學習護照，滷蛋妹是那個花了八〇〇點標下火烤兩用鍋的孩子，婉欣還是第一代英文分級檢定的大功臣，她畫了所有英文單字句型教學的海報。

第一次的隔宿露營，第一次的跳蚤市場，第一次的鄉土教學，第一次的繪畫課程，第一次的藝文成果展，第一次的策略聯盟運動會，有太多太多的第一次是他們陪著我經歷的，而這其中，最令人難以忘記也應該是永遠不會忘記的，是我們的A's！

從他們國一開始，我除了是他們班上的國文老師之外，還是體育老師。

體育一向是我的強項，一直到現在，很多初次見面的朋友，都還是會猜我是個體育老師，我甚至臭屁到對我的學生這麼說過：「只要是球，沒有我不會玩的！」

而其中，我最專長的，當然是棒球，但因為棒球具有相當的危險性，並且需要一定的專業程度才玩得起來，所以從國一開始，體育課我帶著他們玩的是我大學時期瘋狂愛上的慢速壘球。

不管是男生或女生，一律先從基本動作開始，怎麼戴手套，怎麼揮棒，怎麼傳接球，怎麼跑壘，一切從頭來。

而這一屆，不是我自誇，簡直和體育班沒什麼兩樣，臥虎藏龍一大票，不到一個學期，尤其是男生，已經玩得有模有樣，接高飛球只是小case，滾地球也難不倒他們。在打擊方面，孔武有力的壯漢就有三、四個——世文啦、有添啦、芭樂啦，還有腳程快到不行的俊逸和廣仁，偶有「神來之揮」的繁翔，和傭兵長得沒什麼兩樣的樹琳，極為瘦弱卻又愛玩得要命的阿堂，以及不知道什麼時候自己偷偷練成劈腿接球的一壘手士豪，當然，最令我嘆為觀止的是子平。

子平是標準的練武奇才，具有天生的運動細胞，接起球來有一種舒服的節奏感，球進手套的感覺就像吸進去一樣，會黏住的fu是pro級才有的手感。

就這樣，體育課成了他們的最愛之一——另一個最愛當然是我的國文課，呵呵！

國二開始，我進一步帶他們玩起了分組對抗，我仿照職業棒球的賽季制度規劃了一整個學期的賽程，將全班分成兩隊，進行長達四個月的對抗賽。每場比賽都有專人記錄每個球員的表現，不管是安打、三振、接殺、保送等，因為到了學期末，不只要比較兩隊的勝負關係，還要選出整個學期的打擊王、安打王、全壘打王、金手套等個人獎項。

這也就是為什麼在第一次的跳蚤市場精品競標時，我那個職業級的棒球手套，會被他們班的那群男生集資點數在瘋狂喊價當中以五〇〇〇點得標！

整個學期的體育課我們玩得欲罷不能，每個人都斤斤計較自己的表現，並且津津樂道每一場比賽的過程，即使一整個學期下來，最後的獎品只是全隊獲得飲料一箱，但，那樣激烈而歡愉的笑鬧聲，就這樣在這個山城小校裡迴盪了一整個學期。

二年級下學期也是這樣的慘烈而興奮。

然後是忍耐的三年級。

升國三的那個暑假，我告訴他們，要基測了，最後一年了，必須好好靜下心來讀書，壘球活動就暫時停止吧。我看得出他們的心有未甘，不忍之下，我脫口而出敷衍的承諾：「考完基測，如果你們還想玩，我們就來組一支球隊吧。」

之所以說是敷衍，應該是我不太相信到時候畢業各自分飛的他們，有誰還會記得我們一起經歷過的壘球歲月？

但事實是，他們都記得！不是一個兩個記得，而是都記得！

就這樣，我們的壘球隊在二〇〇五年七月正式成軍。

隊名花了我一番心思，後來選定了「A's」。

因為A's的發音近似於Ace，也就是「王牌」的意思，另一個原因是「Alex's students」！（註1）

他們都是我的學生，都是我心目中的王牌！

就這樣，我們在夏日熾烈的豔陽下，開始了我們的熱血青春。

還記得我們的第一次出外比賽嗎？我的A's們。

還記得每個週六，即使你們已經各自分飛到不同的高中職，但還是會回到我們的老窩——爽中大操場，不管晴雨寒暑的球聚時光嗎？

還記得我們開始南征北討，在南投體育場、達興壘球場、草屯運動公園，甚至是中興大操場PK各路英雄好漢嗎？

還記得那些班上的女孩們，即使不會打球，還是會到處跟著我們、跟著A's練球、比賽，好像永遠不會停歇的同學會嗎？

終於，你們高二了，新的成員——也就是你們的學弟妹們陸續加入了我們，鴻暐、家興、宗佑、華成、鈞翔，甚至是舉家搬到高雄的承達、承瀚也三不五時就回來一起同樂。

終於，你們高三了，漸漸有人外務增多，開始偶爾缺席，然後常常不到場了。

終於，你們要升大學了，又要面臨和國三一樣的情景，又要再一次面對抉擇，要繼續？還是就此散了？

親愛的我的A's們，還記得你們要升大學的那個暑假嗎？我們幾乎天天集合，天天在我們老窩貪戀似地玩球打球嗎？

親愛的我的A's們，還記得那個暑假的最後一場出外征戰嗎？在草屯，與野馬隊，我們還是贏了嗎？

註：

1. Alex是作者王政忠的英文名字。

還記得那場最後的比賽、最後的一個出局數、最後的一球是被誰接殺的嗎？

是一個軟弱平凡的中外野高飛球，俊逸接殺的。

那個接殺之後，我們說要暫時解散，不是嗎？

你們都還記得嗎？

喔，我的A's們，那場球賽之後的那個晚上，我徹夜難眠，寫了一封信給你們，就貼在我的部落格上，但是因為字數有點多，所以耐住性子看完的人似乎不多，即使看完了，懂的人好像也不太多，因為回應的篇數比以往我所寫的任何一篇部落格po文都要少。

但是，現在，我把信翻了出來，貼在這裡，我的A's們，我相信，這一次，你們一定看得懂！

親愛的A's們！終於，最後一個出局數還是出現了。

一個不太營養的高飛球，在烈日當空裡飛行了短短的幾秒，就軟弱地往下墜。

親愛的A's們！我們的第一場比賽，還記得嗎？是贏了南中寮的那些叔叔、伯伯。那天，陽光就像最後的這一場一樣的猛烈，好像青春不用力燃燒，就不夠潑辣、不夠屌！即使服裝「二二六六」，有人缺褲子，有人缺鞋子，有人手套爛透了，其實，最扯的是，我們根本沒有隊服！好笑吧，所以通通穿黑衣，結果就有人純黑，有人灰黑，有人褪色的黑，有人泛白的黑，還有人身上的黑衣盤著一尾龍，總之，很克難！想到就會笑。

然後有了第一件隊服，買了第一個大茶桶，開始有人有自己的手套，開始有人有球褲了，好像，有這麼一回事了。

親愛的A's們！你們還記得有一次，約了某一隊要到體育場比賽，前一天的陰霾天氣，讓我整夜輾轉難眠，清晨五點多就起床一直觀察天象，六點多你們的電話也一直打來，最後，我們下了一個豪氣的決定：下雨也要打啦！於是，我們在路人懷疑而不解的眼光中，準時出現在飄雨的南投市街道，吃完早餐，對手打電話來說不打了，但我們還是執意前往體育場，因為我們相信，也許會有和我們一樣嚴重偏執，非打到球不可的傻瓜會出現在那裡。後來，事實證明，只有我們是傻瓜。親愛的A's，於是我們在體育場玩水球，在屋簷下躲雨，看到世文冒雨而來時，還笑人家傻，「你是沒看到下雨喔！誰會傻到要來啦？」

「啊，你們ㄌㄟ？」

從屋簷下望出去，雨中的體育場汪洋一片，突然覺得，我們還真是傻到不行，傻得好可愛。這最後一場比賽的前一晚，我竟然又輾轉難眠，明明是陽光普照了好幾天，也不明白在急什麼！後來聽說隊長子平也是一夜未眠之後，突然也就明白了，好像世文也是三點多才睡吧？

親愛的A's們！後來我們就一直東征西討，公車、機車，後來終於有人開了車，終於也有了駕照，那代表我終於可以不用再睜一隻眼閉一隻眼了，但，親愛的A's，我還是偶爾會閉上眼，聽著風聲掠過青青的草地。豔陽下，有人從階梯旁繞過蔣公或國父銅像而來，有人拎著球鞋，有人提著水，有人睡眼惺忪，有人電話接不停，然後會開始熱身，然後會開始揮棒，然後開始大呼小叫，像一場電影裡的某一幕，親愛的A's，背景音樂會是什麼呢？

會是熱血沸騰的進行曲嗎？但中途有人離開了我們呢，這樣就不夠熱血囉！會是輕鬆寫意的抒情曲嗎？但老是有人喜歡破口大罵你們呢，這樣就不夠輕鬆了啊！會是RAP嗎？念什麼都聽不懂的那一種，可是我相信，很多情緒，不用說，你我都再明白不過了，那……不然是節奏藍調？bossa nova？……

或者只是輕輕的風聲，輕輕地吹過，在青綠的或枯黃的操場上，彈奏著我們譜出的每一個音符。

其實音樂不太重要的。親愛的A's們！當那個軟綿綿的高飛球終於啪嗒一聲落入手套裡，所有的畫面就都無聲無息地迅速快轉了一遍，在我眼前如黑白默劇般跳動而過，從你們還是小平頭的那個時候，到終於髮尾遮住眉眼的現在，都清晰而無聲地提醒著我：你們的青春正滋長，而我的夢想曾經因你們而色彩繽紛。

是的，親愛的A's們！是曾經如此彩色的夢想！我會深深記住這些年你們陪伴我的這許多幕，就像我剛剛離開高雄時，暗暗懷念大學的週三下午打球時光一樣，深深深深地放在記憶的盒裡。大學四年，為了生計而奔波的那些夜晚，支撐我每天每天拚搏下去的，除了那個記憶中模糊的女孩之外，就是那些無數個週三下午的打球時光。我一定會早到，坐在禮堂前的階梯上，面對著一樣的藍天白雲和綠地，曝晒著一樣熾熱的陽光和吹拂一樣輕輕的風，等球友們出現。我會瞇著眼，看夥伴們從校園的四面八方紛紛出現，就像我在司令臺前的階梯等你們一樣。親愛的A's，三年前，當你們第一次終於出現在我瞇瞇的眼前時，我甚至不敢相信地揉了揉眼睛，推了推眼鏡，知道嗎？親愛的A's們！摸球打球了二十幾年，參加過無數堅強的陣容，但我必須承認，你們才是我真正的歸屬，真正的夢幻隊，真正的我的buddy！

就像記憶中那個模糊的女孩已經遙遠得看不清了，但那些個週三午後的呼喊聲卻還隱隱在耳邊夢裡迴盪一樣。親愛的A's們！我相信，即使配樂僅只是輕輕的風飄過我們短短的青春音符，即使畫面最後是軟軟的、無力的高飛球飛不了很遠便落入手套，即使是再見接殺，親愛的A's們！這僅是這一場的結束，還不到說再見的那一天，青春的翅膀必須要茁壯，天空才會因此而打開，起飛的時刻到來，就得用力拍，飛翔才會更精采，離開你慣常盤旋的土地，世界才會走進來。所以，親愛的A's們！未來還未來，但我深深相信，因為我們的過去，所以現在不會是結束，我的意思是，別管那已經形成的第三個出局數，別管那必死的高飛球，別管那再見的接殺，我深深深深相信……Our game is not over yet.

再見接殺，還會再見！

我的A's們，懂嗎？

陽光還在，我還在，不是嗎？

Here is Alex Speaking!

太陽還在，我還在，但，不知道什麼時候開始，我變成了我的孩子們的大太陽！

事情是這樣開始的：「無名小站」這個玩意開始流行的時候，我完全不知道那是什麼東東，後來因為實在被學生恥笑得太嚴重了，我只好上網看看這是怎麼一回事。

要寫些什麼啊？我那麼忙，哪有時間再搞這些呢？雖然，我大學時好歹也是個得獎無數的寫手，想當年靠著那些如今看來會有些臉紅的情詩，也騙了不少癡情的眼淚，但，我那麼忙，哪有空玩這個呢？

在學生的激將之下，我只好應付應付地開闢了一個「戀戀爽中」的網誌，也三不五時地寫了些勵志啦、心情啦、閒扯啊之類的文章，但是，觀眾好像也寥寥可數。

直到某一天，我記得是暑假，看著有點空盪的校園，忽然想念起那些畢業的或者還沒畢業的孩子，於是動筆寫下對他們的叮嚀、交代、期望、鼓勵……

沒想到，就這樣一發不可收拾！

Here is Alex Speaking

給子平

你的腳快點好可以嗎？我不想一直守游擊，因為人家都怕我守得太好，不敢打給我接，所以我比賽的時候，愈來愈無聊你知道嗎？

回覆：

我也想守游擊啊，但是我也怕我守太好沒人打給我，哈哈！應該快好了吧！到時候游擊大關就交給我了。但是正式比賽不要給我喔，因為球太快了，哈哈！

我會努力的！

※我說過了，子平是個練武奇才，後來，他高三時的那場嚴重車禍，更讓我發現

他應該是斷了腿的人當中最會打球的！

給小可愛

別哭，小孩。走吧，去吧，讓夢發芽，流淚、冒險、遺忘；走吧，愛吧，用妳選的方法學著怎麼長大……

回覆：

請問一下「小可愛」是指我嗎？如果是我，那我回覆囉：我又重重地摔了一跤，國中的夢魘似乎又再來一次，只是這次，我恢復得很快，眼淚還是流了，畢竟我有多認真準備。

其實，我已經很努力很努力地達到自己的要求，這次的統測成績已經遠遠超過我所預期的了。我會這麼努力，因為我想成為大家的驕傲，我有一個很會讀書的姐姐……我確實不夠聰明，不過不代表我不認真，大家看到的都是結果，而我努力讀書的過程卻沒有人在乎！我只想讓大家看到我的努力、我的認真……雖然朝陽沒上，我還有其他地方能去，一定會有屬於我的舞臺，不管在哪，我會努力的生活，努力的學習，努力的發光……謝謝您的一番話，我懂我該怎麼去飛了。

※親愛的小可愛，妳的確是不聰明的，但我說過：跟自己比，做給自己看！不是嗎？永遠記得妳國中時因為已經那麼努力，但數學依然一團糟而掉下了無奈的淚！但也很高興看到妳現在愈來愈有自信的臉龐，加油！

給阿翔

把好牌打好是應該的，把爛牌打好才了不起！

回覆：

是啊！是啊！把爛牌打好才是真的了不起，仔細想想每一張牌的意義，思考下一張牌，下一步！我，加油！

※這是阿翔，二〇〇五年畢業班成績最好的天才，也是A's在跳蚤市場永遠的大金主，因為聰明，所以有自己獨特的想法，不知道，他現在想通了沒？

給幸珉

妳在等我發文喲？都星期五才上來逛，沒誠意！

回覆：

Oh yes! 我拿下第三名，但我想你是怕又忘記我=V=我很夠意思了@@，我都一個星期留守，一個星期放假耶！

給我老弟：機車騎慢點，賺錢勤奮點，有空，來老姐無名坐坐吧！還有你無名會不會放太多正妹照片？亞太手機還要不要？老師，對不起喲，因為老弟不曾去過我無名，我只看過他在這邊出現過@@

※沒想到後來我的網誌還成為學生們兄弟姐妹互相溝通聯繫的地方，這位女生，當年桌球打得超好。所謂第三名，是因為她很計較我把每個星期要給她的話放在第幾位。

給 Poppy

許主任說妳很棒喔！真不愧是我的愛徒呢！

回覆：

嘿！親愛的老師，我來報告了：今天是我們在北梅的最後一天，有老師給我們的回饋，有學生給我們的笑容，雖然，也是有無力的時候，但是，這是我二十年來最充實的夏天。PS. ㄜ……喬巴是一隻藍鼻子馴鹿。

※ **Poppy** 現在已經是個國中老師了，我曾經要她到我的班上實習過，看著她一天一天朝著自己的夢想前進，真是無比感動。

是的，我每個禮拜五發一篇給這些孩子的話，從一開始給十五個孩子，到最後每個禮拜都要發給將近七十位孩子，千萬不能忘記誰，因為孩子們都會等，每個禮拜都得想一想，他們的生活、他們的課業、他們的煩惱、他們的進步。

我不知道我是怎麼辦到的，但我持續了一年，發了將近四十篇，有點傻，我知道！但是這些回覆給了我最大的力量，並且在往後的日子裡，為爽中成就了不可思議的奇蹟。

Here is Alex Speaking

給士豪

真的，哪一天你背著CHINESE TAIPEI出戰，再怎樣，我也會為你組後援隊應援！要報名的請先簽到喔！

回覆：

我一定會很很很努力的，新加坡我就去兩次了，本來也要去哈薩克的……倫敦

←我沒去過耶，二〇一二倫敦奧運，加油吧，我的願望就是要征服全世界。

※士豪現在是臺灣西洋劍的國手熱門人選，希望他能繼續加油，如果真能到倫敦，我真的願意為他組應援團！

很多當初小小的鼓勵，其實並沒有花我太多的時間，卻讓這些孩子下定了某些決心，願意為了圓人生的夢想而不斷努力，這包括了芭樂和阿堂終於成了大學壘球校隊的主力、詩穎和鴻暐終於掛上軍階，包括**Poppy**成了老師、阿慧進了中文系，徐哈哈成了全國性獎學金的得主，並且獲邀去為高中生演講。

給妍花

修練到第幾層了啊？閉關的妳！

回覆：

明年，盡力讓大家看到我的成績之後開懷大笑，不然小小微笑也是可啦，加油加油！

主任，你是我們的翅膀，因為有你，我們才可以飛翔，謝謝你^^

Here is Alex Speaking

※妍花後來不只讓我小小微笑，她現在是我的重要助手，為我處理畢業校友的大小事，這足以讓我想到她便開懷大笑！

是的，畢業校友的大小事，因為這樣的網誌來回，因為這樣的情感聯繫，除了原本就緊緊凝聚在一起的A's之外，更多我的學生們都透過這樣的管道回到了我身邊，一起參與我號召的許多大小事。

就像希望工程一開始就不是為了升學成績而建構的一樣，我和這些孩子的聯繫，最初的最初也僅僅是因為想念而已。從來就沒想過，後來的我們可以因為這一分聯繫、因為這一分想念，而完成了許多不可思議的夢想。而築夢的過程中，孩子們的回覆，常常讓我動容不已，比如是這樣：

不知道為什麼，看到了這篇，我哭了……可能是因為太想念吧！好幾個星期沒回去了……運動會一定報到！（來自美花）

或者是這樣：

老師！我們之前有很屌嗎？有嗎？我們只有白目而已啊！哈哈哈！雖然和外面比起來，我們不是最好的！不過，我們會讓別人看到我們是不錯的！你說過，再爛的人都可以學到東西的！是吧！（來自芭樂）

也可能是這樣：

在名單裡面找到自己的名字，覺得感動啊啊啊啊啊～～很開心：）（來自軒汶）

我給這些孩子的話在網誌上的名稱是「Here is Alex Speaking!」，那幾年的禮拜五下午，每當寫完一篇po上網，我才會帶著心滿意足的心情離開辦公室，然後在週末期待著他們的回覆，就如同他們也一樣期待著我的隻字片語的心情一樣。這樣的來來回回，讓我更深更深地感受到，孩子們是多麼需要關心、需要加油、需要期待、需要鼓勵。

而這樣的關心與鼓勵，往往會讓他們在人生重要關鍵的時刻，做出正確而勇敢的抉擇。

我很高興我做了這樣的抉擇，那就是繼續關心已經畢業的孩子，因為，這樣的關心，後來為爽中成就了更多更多令我感動的事。

當音樂揚起

除了畢業的孩子們在後來的日子裡成就了許多令人感動的事，在爽中校園裡的每一天，生活在我的周圍的孩子們，也不斷地把感動傳遞給我。

比如說那悠揚的樂聲！

但其實一開始並不是那樣悠揚悅耳的。

因為制度使然，我說過了，類似像爽中這樣六班編制的偏鄉小校，是不可能擁有音樂教師之類的師資，一所六班的國中，只能編有十三個老師，能夠把國英自數社這些主要學科的專業師資聘齊就已經難能可貴、阿彌陀佛了，更別提電腦、童軍、家政、美術、音樂這樣的專業師資。

於是乎在我們這樣的偏遠小校，主要學科的老師就得配上其他所謂的藝能學科。像我，一個國文本科系的老師，在爽中的前幾年，上過體育、工藝、童軍、輔導等科目，甚至是美術、音樂、家政都配過課，對我來說，為了孩子的學習權利，我願意盡力去自我精進以滿足孩子的需求。體育我很行，那OK；溝通我沒問題，輔導也就還好；煮菜是我的興趣，國中時的我太胖，褲子破了常要自己縫，所以家政也難不倒我；為了上童軍，我通過了成人童軍課程木章基訓；為了上工藝，我買書研究；美術我沒天分，樂理更是要我的命，也只能硬著頭皮想一些有的沒的活動來撐場面。

老師的辛苦是一回事，但，**孩子們的學習權利被犧牲，才是最悲哀的事！**

多少老師其實迫於無奈或者得過且過地讓學生自習、看書、考試瞎混過去，甚至放牛吃草也不足為奇，不是嗎？

當年的爽中也不例外。

孩子們在國中三年從沒有機會可以好好地、正正式式地接觸這些同樣需要專業師資的藝能課程。

爽中希望工程其中一個重要的環節，就是解決這個制度造成的困境，為孩子創造一個公平的、多元的學習機會，讓爽中校園不只是國英自數社，讓每個孩子都有機會去探索屬於自己的多元智慧，以及潛藏在內心深處不為人知的天賦。

輕鬆一點的說法是：可以讓孩子暫時從我們堅持不放棄的基本能力要求裡，獲得一點點解脫。

地震後我們以政府補助的專案重建經費，外聘了陶藝及美術師資。當專案結束，我們嘗試以其他可以做但不能說的方法，讓這樣的藝術師資留了下來，持續提供給我們的孩子專業的美術及陶藝課程。

二〇〇三年，我們甚至想到了音樂課程。

只因為一個簡單的念頭：藝文校園應該要動靜皆美啊！

我們有靜態的美術陶藝，如果能夠再有動態的音樂性質課程，那該多好！

這樣的念頭，獲得了校長的支持之後，我著手擬了計畫，經過奔走，縣府點頭答應補助第一筆款項約十九萬購買樂器，至於師資和鐘點費，縣府說我們得自己想辦法。

那就自己想辦法！

辦法想了很多，也嘗試了很多，有些可以說，比如募款，比如尋求外界資源。然而，有些在當時還是屬於遊走法規邊緣的灰色招式。

但，我們沒有想那麼多，為了學生，做就對了！

事實證明，那些灰色招式，如今都成了政府為了解決偏鄉小校的專業師資問題而明文令行、積極推動的政策，比如增置專長教師，比如藝文深耕計畫，比如策略聯盟共聘師資。

但，當時真的沒細想那麼多的枝枝節節，就只是一個單純的念頭：解決問題！問題陸續暫時解決，包括外聘而來的師資——臺灣室內絲竹樂團張團長還有他的團隊，包括樂器，包括鐘點費。

至於，為什麼是國樂？

因為想讓更多學生可以接觸樂器，所以選擇了樂團；因為覺得國樂比較沒那麼深奧和複雜，所以選擇了國樂；因為我是國文系畢業的，所以覺得「絲竹」這兩個字念起來特別悅耳。

所以就是國樂團了。

我知道國樂不代表藝文領域的全部，樂器也不代表音樂課程的所有。

但，至少是個機會，是個可以讓更多學生接觸到音樂的美好的機會，即使只是浩瀚的美好的一部分而已，但，那也無比美好！

當然，後來我才明白，國樂樂器和樂曲的深奧與複雜一點也不輸給西樂，就當是個美麗的誤會吧！

可是誤會真的很大！

孩子們從小到大從來沒學過任何樂器，光是要把琵琶、柳琴、二胡，以斯文而專業的姿勢抱在他們的身上，就花了老師們半天的時間。抱好了就不會拉、不會撥，拉得出來了、撥得出來了就一定抱不好。後來，老師們也只好暫時降低專業標準，為了讓樂器發出聲音，就不計較孩子們的姿勢優不優雅，只要不掉到地上就行。

即使如此，從樂器身上發出來的聲音，還是不忍卒聽。

笛子聲像洩氣的皮球發出的嘶嘶哀鳴，偶爾迸出一兩聲的「ㄅㄨ ㄅㄨ」，老師也只好趕忙稱讚一番，以免笛子繼續被口水洗滌澆灌。

琵琶、柳琴之類的彈撥樂器聲響則像指甲劃過玻璃窗面，毛骨悚然的程度直令人頭皮發麻，偶爾跳出一兩聲的「ㄉㄥ ㄉㄥ」，老師也只好趕忙鼓勵一番，以免手指或撥片待會直接割斷琴絃。

最慘的是拉絃聲部，不管是二胡、中胡、高胡或什麼胡，簡直就是殺雞奏鳴曲，或者鋸木交響樂，一會兒咿咿呀呀，一會兒吱嘎吱嘎，偶爾——不，沒有偶爾，一直就都是這樣慘不忍聽！

我掩著耳朵、蹙著眉頭、抿著嘴角、屏住呼吸，甘之如飴。

這或許是他們人生中所發出的第一聲樂音啊！

日子就這樣漸漸過去，因為習慣了這樣的音響，也因為忙，更因為不給孩子壓力，（呵呵！）我漸漸不再整堂課都陪著孩子學習，而在辦公室處理公務，或者在走廊和老師們對話。

直到有一天，在電腦前專注打字的我，突然被某些聲音拉著抬起了頭，停住了手邊的動作，站起了身，我問了問坐在我前面的教務組長：

「你聽到了嗎？」

「聽到什麼？」

「不吵人了耶！」

「……對耶！」

「你再聽！」

「……」

「是曲子耶！是曲子耶！」

「對耶！對耶！」

我立刻狂奔趕赴聲音來源的現場，生怕錯過了，也生怕只是幻聽一場。

走廊上，學生酷酷地抬起頭看著我。

「那……那是你拉出的聲音嗎？」

「不然ㄌㄟ？」

「好像是曲子耶！」

「唉啊，幾個小節而已啦！」

「所以……是真的？」

「……」

我忘記我有多喜悅，只記得音樂老師說：「學期末要不要辦個成果展？」

成果展？國樂團成果展？

爽文國中有國樂團要辦成果展？

我的天啊！這可比愛樂交響樂團蒞臨爽中還了不得啊！

當第一個樂符響起，我已經泫然欲泣！

其實，這只不過是兩三首幾十小節反覆進行的練習曲，但已經足夠讓臺下所有的師生都為之神醉，足夠讓資深的老師泛著淚光拉著我說：「爽中也會有樂團喔！」

我看著臺上的所有團員，緊張、忐忑又羞澀，甚至連眼光都不敢看向指揮老師，抱樂器的姿勢仍然不怎麼優雅，拉弓的長短也零零落落，柳葉琴聲很微弱，打擊組的鑼鼓點不怎麼在節奏上，甚至，偶爾還會有一兩聲笛子發出的「ㄅㄨㄅㄨ」聲。

但，又如何呢？

這或許是他們人生中演奏出的第一首曲子啊！

當樂音終止，當掌聲響起，當起身謝幕，當譜架合攏。

爽中的校園裡，從此不太平靜。

偶爾，澎湃飛舞的樂聲響徹山城小校，雖稱不上蕩氣迴腸，卻足以讓我們洶湧翻騰；偶爾，柔情似水的曲調繚繞在林間迴廊，雖稱不上繞指纏綿，卻足以讓我們詠嘆低吟；偶爾，輕快雀躍的音符走跳在屋簷牆角，雖稱不上行雲流水，卻足以讓我們點頭踏足。

每一個音符都是悠揚的，每一聲音響都是悅耳的，每一首曲子都是美好的。

因為，這是我們的孩子帶給我們更勝天籟的感動。

無可取代的感動！

讓這些無可取代的感動更多更深更精采的功臣絕對不是我，而是這些佛心來著的外聘老師們。

即使我們努力地想了很多體制內、體制外的方法，能夠給予這些專業藝術家們的鐘點費還是很有限，更別提是否能夠滿足教學所需的教材教具，但不知道為什麼，我們一直很幸運！

先說說繪畫課程好了。

第一個到爽中協助的畫家老師是蕭老師，他是中寮的本地人，雖然已經遷居草屯，並且擁有一間自己的畫廊教室，但是對於故鄉始終有著一分濃濃的情感，他的專長是水墨和版畫，特別是版畫，在他任教的那幾年，學生們得獎的比例高得嚇人，甚至有一年包辦了本縣學生美展的版畫類所有獎項，讓教育局的承辦人員也好奇地打電話到學校來詢問：「啊，你們學校是有美術班喔？」

接下來的兩個畫家老師都有極為明顯的藝術家浪漫性格，白老師對學生說：「畫完就可以出去玩！」結果不到五分鐘，那些調皮的男生就通通交卷，在校園裡你追我跑地玩起槍戰了；賴老師則是海峽兩岸的當代百大畫家之一，學生總愛膩著他叫：「阿公！」他完全不計較與他身價無法相提並論的鐘點費，只因為這裡的學生畫畫的原因單純得不得了——就是把它畫出來而已！

現在的林老師則是被我騙來的，因為他在我住的公寓大樓轉角經營著一家畫室，我每次經過總是會好奇地往裡面張望，因為裡頭總是散落一地的棒球球具。後來當賴老師實在忙得軋不出時間，無法繼續協助新學期的美術課時，我只好硬著頭皮敲了畫室的門，然後開口自我介紹，寒暄幾句後，我說：

「老師，你也愛打球啊！」

「對啊！」

「我也很愛打耶，哪天可以一起打球喔！」

「好啊，每個星期天早上我們球隊都會在中興新村大操場練球比賽，要不要一起來？」

「好啊，好啊！」

聊了一個多小時的棒球經，從指叉球聊到變速球，從重量訓練聊到揮棒練習，甚至，連王建民為什麼會受傷都爭論了好一會，他才放我離開。

星期天，當我還沒熱身，輕輕地丟出第一球給他之後，他說：

「主任，你要先熱身，一開始就催球速，手會受傷喔！」

「我是在熱身啊！」

「……」

練球不到半小時，他就興致勃勃地對我說：「教我，教我。」

我回答：「好啊！那你要不要到我們學校來教美術？」

就這樣，又一位佛心來著的老師來到了我們學校。

我對於來爽中教陶藝課程的第一個老師印象已經非常模糊了，那是九二一震災後學校第一個利用外聘方式辦理的藝文課程，設備的簡陋不在話下，還記得當時只能在兩大張的木桌上揉泥條，然後堆疊成型。

林老師是第一個開始教學生拉坯的陶藝家，從杯子、盤子教起，甚至後來還拉起了陶甕和花瓶。他總是笑咪咪地看著學生玩泥巴玩得不亦樂乎，然後把半成品帶回家裡去燒，接著又辛苦而小心翼翼地載來學校。學生們驚喜看著質樸而富童趣的杯碗，發出如獲至寶的驚嘆聲，林老師臉上的笑意就更深了。

後來的廖老師也是中寮人，他最喜歡與學生及泥巴和在一起，因為他稚氣未脫的臉龐，學生們常常會懷疑地問他：「老師，你真的會拉坯嗎？」直到他終於露了一手真功夫，把一大團陶土拉成一個將近半人高的陶甕，學生們合不攏的嘴巴這才說明了他們的信服。

白老師是一位國中退休老師，在爽文買了一塊地耕種，所以他在我們學校任教的時間也最久，特別的是，他不但陶藝功夫了得，畫畫也很有一套。所以在他任教的那幾年，國三學生選讀技藝學程設計職群後參加全縣技藝競賽，總是滿載而歸，不但拉坯幾乎總是包辦全縣冠亞軍，連筆試、素描和拉坯加總後的總成績也十分優秀，往往讓學生因為這樣的好成績而甄試上了國立高職。

現在的詹老師則是彰化縣的陶藝協會理事長，因為白老師「不小心」當選了南投縣的陶藝協會理事長，只好拉他下海，到我們學校來繼續指導學生。結果，因為理事長們好像都很會畫畫，讓學生們也很會得獎，二〇一一年的全縣技藝競賽，兩個派出去的學生又是拉坯冠亞軍，總成績也雙雙進了前五名，兩人最後也都錄取了國立高職。

爽中的學生國一讓畫家教畫畫，國二讓陶藝家教陶藝，國三則是根據興趣選讀技藝學程的設計職群，接著在技藝競賽得獎，並因此甄選錄取國立高職，一切看來好像順理成章，再自然不過了，但，真是如此輕鬆寫意嗎？

經費是個大問題，沒有錢，就不會有教材教具，也不會有設備可以提供學生學習，所以我們努力想盡辦法，希望讓學生可以公平享有學習的機會。

但，關鍵是老師！

這些老師，不管是離開的還是現任的，都是爽中學生得以享有專業而公平的學習機會的幕後大功臣。他們不計較那說給人聽會覺得臉紅的微薄薪資，也不計較簡陋而克難的教學設備及環境，教就對了！

紙啊、筆啊、土啊之類的耗材不夠，那就教學生如何充分利用資源並且愛物惜物；畫架、雕刻刀、拉坯機之類的設備不夠，那就教學生如何提高效率輪流使用，並且發揮創意彌補先天的不全；上課時間節數之類的機會不夠，那就教學生好好吸收老師技藝的精華並且有空多揣摩練習。

這些外聘老師們是爽中學生生命中的貴人，讓他們有機會得以接觸藝術的真善美，即使現在的爽中經過這幾年的努力，已經有了相當專業配備的陶藝教室和美術教室，我們的拉坯機數量幾乎夠讓上陶藝課的學生一人一臺，畫架的數量大概足以讓兩個學生要同時照顧三組，但，**真正重要的是能夠得到學習藝術的機會，並且擁有專業而公平的對待。**

即使學生們參加各項比賽的得獎次數起起落落，但重要的是學生們獲得了可以展現多元智慧的舞臺。

這些外聘老師，我說真的，真是佛心來著啊！

我有許願的

說到佛心，那位永遠理著三分頭的臺灣室內絲竹樂團張團長看起來就像一尊彌勒佛！

張團長是爽中絲竹樂團的創團指導老師，笑起來聲如洪鐘是他給我的第一個印象，當時的廖校長不知道從何處延聘他來任教，初次見面就給了我一個無比熱情的握手禮，厚實的大手握得我哭笑不得。

草創時期的爽中絲竹樂團雖然有教育局十九萬購置的樂器，但各聲部的編制實在非常不足，即使當時清水國小已經開始推動國樂的教學，但因為才剛起步，所以升上爽中就讀的國一新生，吹拉彈打的基本功仍然很有限，更別提來自爽文國小及永和國小毫無任何國樂基礎的學生了。

樂器不足及學生基礎能力不夠的窘境，讓遠道從臺中而來的張團長夫婦煞費苦心。也因此樂團成軍一年後首次校內的成果展，不單讓爽中的老師們都感動於孩子們的無限潛能，更敬佩張老師的全心奉獻和一無所求。

成軍第二年，當張老師提出要參加學生音樂比賽的時候，我的下巴都快掉了下來。

「可能嗎？」我狐疑地問。

「試試看囉！」張老師一貫豪邁的笑聲之後，促狹似地回答。

「行嗎？」

「不管行不行，總是讓學生有一個展現的舞臺嘛！」他又回我一長串爽朗的笑聲。

好吧，那就來吧！

我記得那時的自選曲是〈蘇堤漫步〉。

看著揚琴手輕靈操弄著琴竹，飛快在錯綜複雜的絃上敲打，看著阿翔一個人身兼多項打擊樂器而不慌不忙，我簡直看傻了眼。

這、這、這、這是爽中動物園裡的學生會做的事情嗎？

第一次上臺，成績當然不會太好，輕而易舉就被南投國中擊敗了。

但是，從學生們上臺前的臉色發青，上臺時的木愣僵直，到下臺後的如釋重負，都讓我不由自主又是笑又是聒噪，絮絮不休地一會兒和這位學生加油，一會兒又拉那位學生拍照。我完全不在意到底評審的分數如何，在我心中，他們的演出就是接近完美的九十九分！

扣的那一分，是因為有人緊張到忘記起立敬禮，等到想起來要起立，又有人已經坐下，那起起落落的「蘿蔔蹲敬禮法」，實在是有點好笑。

那之後的每一年，我們都興致勃勃地把比賽當作是一場郊遊，純粹志在參加不在得獎，因為我們的對手——南投國中的樂團——學生來源可是南投縣國樂比賽國小組的常勝軍——不敗的漳興國小！他們的樂團每一年經費可是我們的幾十倍，而南投國中的學生人數更是超過我們全校一百名學生的二十倍。

所以，就當作是一場愉快的郊遊吧！

沒有團服，就穿著體育服裝上臺；沒有定音鼓，那就把大鼓將就著用；沒有辦法誇張地搖頭晃腦跟著指揮手勢擺動，那就記得面帶微笑就好。

張老師帶我們去臺北演出籌募經費，帶我們到文化中心與他任教的其他五個學校一起演出百人大合奏，帶我們到淡水的漁人碼頭戶外演奏當街頭藝人……他帶著我們走過一路美好的風景，把學習音樂當作一場愉悅的旅程，即使路途艱辛、裝備克難，即使旅費窘迫、盤纏經常沒有著落。

突然，一個轉彎，我們遇到了出乎意料的景象。

那一年，那一首〈喜慶〉，我們竟然擊敗了南投國中。

不是因為我們超水準，而是因為他們超失常，樂曲演奏到一半竟然中斷，任憑指揮在臺上使勁揮動雙手，場面依然困窘到讓他們校長起身離席。

我們贏了！

學生們忘情地歡呼持續了很久，我的歡呼卻蒙上一層陰霾。

樂團沒有錢了！

沒有錢，所以我們沒有太多考慮就放棄了參加全國決賽，即使教育局不太高興，但現實的困境讓我們彼此都低頭妥協。

學生們知道後其實也沒有太多難過，因為更遠的目的地，從來就不是我們郊遊的下一站。

但，我的陰霾來自於我不忍心要張團長向生活的現實問題妥協與低頭。

於是，樂團就這樣，解散了！

絲竹課程，中止了！

其實，在樂團畫下休止符的前一年，經費就已經陷入青黃不接的窘境，全依賴一對來自臺北定居在中寮的老夫妻，以及因為被我感動而舉家遷回爽文並將孩子轉回爽中的魏大哥慷慨解囊，陸陸續續每月資助鐘點費用。但，全國賽的龐大費用讓我們不得不正視這個殘酷的現實問題。

這樣下去，不是辦法啊！

樂團結束的日子裡，我常常走進音樂教室，摸著那些樂器輕輕嘆息，偶爾，我也會點選電腦裡錄下的樂團比賽練習或者上臺演出的畫面，看著學生參差不齊地拉弓彈撥動作，聽著學生流暢但一定會出錯的樂音，一遍又一遍。

但，說過了，不知道為什麼，我們總是那麼幸運。

那幾年因為被我的傻勁所感動的《自由時報》記者陳鳳麗小姐，經常到學校關心我及我的學生，並且十分願意報導我們所推動的各項教學策略及活動。當她知道樂團因為經費短缺而不得不中止的時候，非常不捨，多次表達願意幫我們尋求資金贊助。終於，奇蹟發生！

「王主任，我找到了！」

「找到什麼？」

「有個基金會願意補助你們！」

「多少？夠嗎？」

「二十萬。」

天啊，二十萬！

九二一震災基金會的謝志誠執行長答應給的二十萬，讓我們的樂團起死回生！

但，師資呢？

誰也沒有把握這樣的經費能撐多久，沒有把握未來是否可以繼續這麼幸運，我不敢奢求張老師再回來。

這個時候，當時的總務主任給了一個建議人選——草屯玉皇宮國樂團的曾國鎮老師。

曾老師本身在廟裡有正職的身分，曾師母也是正職的國小老師，家庭經濟應該沒有問題，即便如此，我還是不太有把握能請得動素昧平生的曾老師，但，沒有其他更好的辦法了，只得硬著頭皮登門拜訪。

曾老師一開始果然是猶豫的，但他猶豫的不是鐘點費的問題，與他深談後才讓我明白，鐘點費對他始終就不是個問題，他猶豫的是會不會對前任的張團長不好意思，會不會壞了國樂界的行規？經過我一番解釋及說明，他才對我們學校有了進一步地認識與理解，也終於體會我的擔憂。

於是，曾老師點頭答應了。又一位佛心來著的老師，而且這一次，是玉皇大帝派來的使者。玉皇宮是供奉玉皇大帝的，而曾老師還是管委會的總幹事。

就這樣，樂音再起，感動再現！

甚至，曾老師為了讓學生的學習更有效能，還帶著他的夥伴一起前來。

教拉絃的蔡老師是個敦厚的年輕人，每次上課都得騎著野狼一二五從臺中東勢風塵僕僕趕到草屯，再由曾老師載進來；教吹管的郭老師是個在公家機關服務的藥劑師，每次都得犧牲值夜班的補休或者專程請假前來；教彈撥的李老師是個親切無比的鄰家大嬸，有一度還挺著大肚子教到最後一刻，做完月子就又立刻回來報到；曾師母則是在假日三不五時就陪著曾老師一同前來指導打擊，沒見過她發怒，總是笑咪咪。

曾老師就負責指導其他沒人指導的同學以及指揮團練。

分部練習呢！多專業啊！

但，鐘點費呢？

幾個分組老師就要幾倍的鐘點費，雖然他們領的是破壞行情不可以向別人說的超低鐘點單價。

曾老師總是說：「有錢就先給他們分部指導老師，我和我老婆的不用算。」

我總是滿懷愧疚，他卻總是憨厚地笑一笑。

每年，為了參加一年一度的音樂比賽，週六常常得到學校加強練習，曾老師還會帶點心給孩子吃，或許是碗粿，或許是粽子。

好幾年，因為南投國中不參賽，所以我們都幸運能以甲等成績代表南投縣出征全國賽，曾老師必定招待整車的孩子一人一杯飲料。

甚至，二〇一一年的學期末，我和學生們籌辦了爽中第一次的攜手計畫期末感恩音樂會，目的是感謝全校的老師一整個學期的辛勞，曾老師還自掏腰包請了全校師生一人一塊大雞排，他說是要謝謝大家的配合，又說是被這裡的老師和學生們的努力而感動，所以要表示一點心意。

每一次我都對他說：「我們一起付。」他都堅決不答應，然後憨厚地笑一笑。一下說：「朋友在賣的，很便宜啦！」一下說：「朋友剛開店，幫他推銷一下。」有一次，被我纏著不放，他甚至丟下一句：「我有許願的！」

我要換熱水瓶

許願的還有永和國小的這個三年級小朋友。

還記得那個以八〇〇點為媽媽標下火烤兩用鍋的小女孩嗎？或者，那群以五〇〇〇點在瘋狂競標中搶下我的棒球手套的大男孩嗎？

以二手商品作為增強物的跳蚤市場，讓以代幣制度為核心的學習護照，終於產生了激發學生學習動機的作用，透過記錄學習歷程來改變學生學習行為的策略，逐漸在爽中發揮了效果。

那年，二〇〇四年，北中寮四校策略聯盟在我的號召以及清水國小林校長的啟發及支持下，正嘗試以聯合辦理活動的方式展開初步的探索，包括聯合運動會以及藝文成果展，都是我們嘗試提升學區學習氣氛及整合教學資源的開端。在一次的四校運動會籌備會中，我提起了爽中第一次校內跳蚤市場的熱烈氣氛，這個趣味而富有創意的想法引起了其他三個學校校長的興趣，加上清水國小唐主任的敲邊鼓，「四校聯合跳蚤市場」的構想出現了雛型。

當然，技術性問題馬上就浮現在會議上，包括點數換算機制怎麼整合才公平？兌換商品進行的方式要如何規劃？當然，最重要也最現實的問題是，這麼大量的二手商品從何而來？

除了四個學校校內老師的提供之外，我們勢必得向外尋求資源。

二〇〇五年第一次四校聯合跳蚤市場辦理的前一個月，透過《自由時報》鳳麗姐的報導以及東海大學林玲如教授的社區整體營造網絡，有許多的外界資源向我們傳達了願意提供二手商品的訊息，因為聯絡總窗口是我，所以有許多寫著我名字的包裹陸續寄到了我們學校，但也有不少善心人士打電話到學校來，希望我能親自去把物品載回來。就這樣，我奔波了好幾趟，只為了爭取更多可以讓學生兌換的物資。

開車往臺中或彰化載運物資的途中，偶爾，我會感到心酸酸的，好歹我也是個老師啊，一通電話就要我放下手邊繁忙的工作隨傳隨到，只為了幾箱不知名的回收資源，會不會有點……到了目的地，出面的里長或是社區總幹事有時大手一揮，指向角落或者地下室的倉庫，說：「很多喔，你自己看一下。」我的心又酸酸了起來，唉啊，怎麼搞得好像我是來做資源回收的啊，好歹我也是個老師啊！打開倉庫，常常是一陣濃重的霉味或者迷濛的灰塵迎面而來，堆積如山凌亂的紙箱或雜物，常讓我不知從何下手翻起，唉啊，又是一陣心酸酸啊！

但，我通常都是面帶微笑，袖子一捲，褲管一拉，就蹲了下去開始翻找起來，我的心裡只有一個念頭：如果，能有一套書，或者一袋文具，或者小家電，或者任何堪用且用得著的物品，那麼這一趟就值得了。

撿破爛和蒐集增強物，只是一念之隔，我選擇了後者。

第一年的四校聯合跳蚤市場順利而熱鬧地開張，看著每個學生喜悅而滿足地用自己一整年的學習累積換走了自己或家裡所需求的物品，我的心又酸酸了！

不過，那是一種欣慰且值得的感覺，讓我更相信我的選擇是對的。因為這樣的成功經驗，讓我們四個學校對於這樣的獎勵機制及模式有著更為堅定的信心：四個學校或者每個班級各自在一整年的學習當中，用屬於自己學校或班級個別的獎勵辦法去輔助教學，然後透過辦理聯合跳蚤市場的策略讓學生們的學習動機獲得增強效果。

我們期望北中寮的孩子們在九年的國民教育階段，都能涵蓋在強調「榮譽」、「積極」的學習氣氛中，並且能夠逐漸體會「學習」的重要與「知識」的力量。而這兩個課題——**「學習」與「知識」，正是我們期待孩子們用以改變貧困現狀，創造希望未來的核心價值啊！**

二〇〇六年，透過媒體的報導，外界更加認識我們這個不一樣的跳蚤市場，於是，我需要心酸酸地開著車去載運物資的機會就減少了，取而代之的是一車又一車，繞過彎彎曲曲的山路，來自遠方不知名的朋友將他們的愛運送到學校，書籍、衣服、文具……足足有十二車次的物品堆滿半個活動中心。十二車次中，有對堅持隨車而來的老夫婦，緊緊握著我的手，不斷地說：「都是舊東西，不好意思啊！」「沒關係的！」我說，「舊東西，新用途，每一樣物品都因為你們的愛，有了更為豐富的意義。」

不是嗎？因為愛，所以不嫌遠；因為愛，所以不嫌舊。

也許，其他的學校也有跳蚤市場，但我們的不太一樣。因為我們的學生是以多元學習的成就來換取二手商品，而不是以金錢作為衡量一切的標準，在價值觀混淆的現今社會，我們期許我們的孩子們在這樣的活動中明白知識的重要與學習的可貴。特別是在這樣經濟落後、資源缺乏的窮鄉僻壤，受教育或許是改變現狀的唯一可能。

也許，其他的學校也有獎勵制度，但我們的不太一樣。因為我們教育學生不要以成績數字作為判斷自我價值的唯一標準，在教育的過程中，做人、處事、態度、服務等，都是孩子們必須學習的課題。

也許，其他的學校也有二手商品，但我們的不太一樣。因為我們的商品來自太多太多不知名人士的愛，所以我們教育孩子要懂得感恩與惜福。成長的過程，你接受；未來當你有能力，別忘了要付出。

二〇〇七、二〇〇八到二〇一一年，學生們逐漸逐漸將外在的獎勵內化為積極的學習動機；家長們逐漸逐漸由不明白進步為支持甚至協助；社區團體逐漸逐漸由疏離轉變為參與甚至主動服務。

十年了，隨著我的到處應邀演講，二手商品的內容從二〇〇七年的MP4、二〇〇八年的二手電腦到二〇〇九年的二手筆電，甚至是二〇一〇年的電視機、二〇一一年的數位相機、印表機及微波爐，甚至，遠從新加坡、馬來西亞等地來自我的聽眾的包包或者玩偶。

從臺灣東岸到西岸，從基隆到屏東，從國內到國外，愈來愈多的善心人士不吝惜用他們的愛呼應我的堅持和理念。我心懷感謝但不忘告訴我的孩子們：

東西的價值不是重點，「能夠兌換」的本身才是一種無可取代的價值！

因為這代表在過去一年你的學習成長多過於退步，你的積極向上多過於消極沉淪，即便只是一枝筆、一塊橡皮擦或是一本筆記簿，那都代表你擁有了改變你自己或家庭現狀的能力。

或者，即便只是一只熱水瓶。

那一年，一個理著小平頭的小三學生引起了媒體的注意，因為他不急不徐地走到了生活用品那一區，無視於玩具區，也不理會文具區，用他全部的點數換了一只熱水瓶，簡單二手的熱水瓶。

記者阿姨問他：「你為什麼要換熱水瓶？」

「媽媽說家裡沒有。」

「怎麼知道有熱水瓶？」

「那天來國中練習表演節目的時候，我有看到，回去跟媽媽講。」

「那你的點數怎麼來的？」

「寫功課啊，考試努力啊，上課認真啊。」

「那，怎麼不換玩具和文具？」

「下次再努力一點，就可以換！」

一個簡單的二手熱水瓶，讓小學三年級的孩子學會了要努力學習才能有所獲得，學會了受教育可以改變貧乏的現狀。

熱水瓶、玩具和文具，是他許下的願望。

這樣的認知，這樣的體會，不也是我一直以來的願望！

拿什麼去換

我的願望還有很多很多，就像那些滿懷期待的學生一樣，手裡拿著、懷裡抱著、眼裡還看著，除了多元而公平的學習機會，創意而實用的動機策略，堅持而貫徹的基本能力，積極而正向的學習氛圍之外，還有好多好多想去嘗試、勾勒的夢想，我也說不上來清楚的輪廓，但總覺得哪裡可以做得更多更好。

學生們用平常學習所累積的點數在跳蚤市場兌換想要的東西，那我呢？我拿什麼去換我已經達到或者尚未完成的夢想？

走上行政擔任主任絕對不是唯一的方法，但卻是那時最多人勸我去走的路。

我其實沒有那麼大的衝勁，對於行政，我仍是懵懵懂懂一知半解，教學才是我最鍾情的領域——別忘了，「王組長」這個稱呼可是我第一年誤打誤撞被掛上的頭銜。但際遇往往不是我們可以猜想得到的，二〇〇四年我因緣際會代理了前輩倦勤遺留下來的主任位置，二〇〇五年更因為許多種種非我所料想得到的外力因素，我被逼著上了考場，參加了主任甄試。

錄取了，受訓了，結業了，我成了正式主任。

就像廣告臺詞說的「我是當了爸爸之後，才學習當爸爸的」，現在回頭去看，當時的我，不也是正式當了主任之後，才開始學習當主任的！

一開始我不知道我這個菜鳥主任到底扮演得稱不稱職，反正那麼多原本就已經在運作的業務或教學策略，多半是我在組長的那幾年規劃設計出來，並且帶頭去做的，是不是主任好像也沒有太大的差別。

談不上志得意滿，但我的確在更多方面的決策上，更為強勢地主導著整個團隊的運行，在很多時候，我的確也漸漸習慣於「主管」這個頭銜所賦予的「行政權力」，做行政、當主任，不都是這樣嗎？

二〇〇七年的冬天，四校策略聯盟的聯合運動會照例在爽中舉辦，天公不作美，因為前幾天連綿不絕的雨勢，其實已讓我有些心煩意亂，但我還是明快地擬好了雨天備案的活動計畫，連開幕儀式如果被迫改在活動中心內舉辦，我都有了一整套的規劃，甚至已經在前兩天就召集了全校師生實況演練了好幾回。我暗自佩服自己的規劃及執行能力，並且期待當天活動能夠按照我的十八套劇本來演。

當天一早，果然陰雨綿綿，但是甲校長要我再等一會，乙校長要我準時開始，丙校長問我雨下成這樣怎麼辦？丁校長說其實雨勢也還好。

我有些耐不住性子了。

甲主任說學生的休息區桌椅不夠，乙主任問開幕表演要 stand by 了嗎？丙主任建議趣味競賽是不是要開始廣播請家長來報名了？

我真的有些火上來了。

不是都已經討論過了嗎？不是都已經沙盤推演過了嗎？怎麼還來問我這些該死的蠢問題！

活動中心的桌椅誰負責的？總務主任呢？

開幕演出的音響誰負責的？老師呢？

這時太陽竟然俏皮地露臉了！

搶上這個時間點，四校四百多個師生在我一聲令下，開始熱熱鬧鬧地進行開幕儀式。

表演節目完了，開幕結束了，來賓照例一哄而散了。

老師呢？夥伴們呢？

過去幾年，當來賓一哄而散之後，我們的師生 party 才正要開始。

老師們會聚在司令臺上，有人當起司儀，賣力吆喝著場上的學生努力跑別偷懶；有人會搶著當頒獎貴賓，用搞笑的言語和肢體動作把獎品交到學生手上；有人會拿著飲料茶水就坐在司令臺上的貴賓席，晒著太陽閒扯八卦。

都會在的。

但，此時卻冷清到讓原本就不大的司令臺顯得空曠。

雨又開始下了！

操場上進行到一半的接力賽不知道還要不要繼續？三個國小的老師夥伴們抬起頭望著我；營養午餐的公差學生跑來問我，三個國小休息區的垃圾桶和桌椅要去哪裡搬？我拿起麥克風，大聲地廣播：「總務主任請到活動中心。」然後轉頭對我的愛將說：「你去總務處請他們不要光喝咖啡，要出來做自己該做的事。」

我站在司令臺，雨細細地飄在我身上，拿起麥克風吆喝著要學生把最後幾棒跑完，突然，麥克風線路被奔跑而過的小學生踢掉了，我氣急敗壞地斥責著他，然後要愛將之二去請負責的老師過來處理。

我叉著腰，等著。

負責的老師來了，默默不語地推著廣播器材主機，我絮絮不停地說：「說了也不聽，要他們別跑還是要跑！」

「**你到底想怎麼樣！**」那位老師突然一聲大喝。

「……」我愣住了。

「你厲害你自己來啊！」他轉身踢飛椅子，走了。

我愕然，卻無言以對。

雨勢突然開始轉大，操場上的學生丟下棒子，一團亂地叫著笑著跑回休息區。

我連廣播的力氣都沒有了。

學期末的校務會議，我起身準備針對這些日子以來我的失控和莽撞向各位夥伴致歉，話才一開口，最資深的前輩站起身離席；幾句話後，文龍兄離開了；然後，鈞鼎兄離開了。

我突然明白，我拿什麼去換我已經做到的事情，更明白那些想做但是還沒做到的事情，我已經沒有什麼可以去換了！

我的強勢已經越權，讓校長一直忍耐著我的不尊重；我的急躁，讓總務處對於我的不按照採購程序很有意見；我的主觀，讓教師夥伴們不再看見以往我的溝通再溝通。

我的滿意，成了所有人被迫配合的理由。

而被迫配合的原因是：都是為了學生好！

是這樣嗎？是為了學生好嗎？

即使是為了學生好，但沒有更好的方法可以嘗試嗎？

沒有也許慢一點，但會有更多參與理解的方法嗎？

沒有也許效率差一點，但會有更多同理與扶持的方法嗎？

沒有也許過程會曲折一點，但會有更多笑臉陪伴、更多雙手拉拔的方法嗎？

會不會我的願望已經成了一種不過是想讓人看見的急切？

讓我走吧！

讓我先離開一陣子吧！

我對校長說，讓我離開教導處吧！

我已經拿了太多太多珍貴的東西，去換了我自己虛華的願望了。

比如說信任，比如說尊重，比如說同理，比如說扶持，比如說——團隊！

熟成的茶湯

很多珍貴的東西，我一直到後來才發現有多珍貴！但是，有一樣東西的珍貴，我一直都知道，只是沒有時間好好感受。

那一年，二〇〇八，我終於到了輔導室，開始花時間去感受生活中珍貴的事物。比如說，自己夢寐以求終於買到的那個茶盤。

咖啡色澤，厚實體態，古樸的木紋及淡淡的馨香，每天一早，我慎重地捏了把茶葉，倒入滾燙的熱水，愉悅地闔上杯蓋，滿足地等待茶湯釋放，然後輕輕地說聲：「啊，多美好的一天！」

喜歡喝茶的原因，不只是茶本身的好味道，更令人舒暢的是等待過程中的全然放鬆，以及茶香帶給人的幸福。記不得是什麼時候開始喜歡上這樣優雅的一項嗜好，只知道，好像愛上這種感覺已經是很久很久的事了，久到彷彿是一種與生俱來的愛戀，只要水一倒，茶葉開始舒展，心思也就熨燙得服服貼貼了。

山裡教書的日子並不像我的同學或朋友所想像那樣輕鬆或慵懶，也絕對不比在大都市裡教書的他們來得簡單或好混。那些年，總是急切想讓人知道我在這裡做了什麼事，急著解釋我在這裡有多認真，絕對不是那種在山裡養老，等著哪天可以調出去，或者就這樣混到退休。

常常是急著說、急著表達，然後等待別人給一個佩服或讚嘆的神情。如果有，就鬆了一口氣；如果沒有，就會丟一句：「唉，事情不是你想像的那樣啦！」

好累！

又要做、又要說、又要讓別人知道、又要怕別人不知道，好累，不是嗎？

那時的我也愛泡茶，但茶葉總是泡得不夠開，總是被人嫌茶湯不夠有味道，即使是人家推薦了好茶葉，或者有機會買到了名貴茶種，但，我很納悶，明明是好茶，怎麼沒味道？

來到輔導室之後，有一天，我決定拿著碼錶計時。第一泡，我以自己平常的節奏嘗試，加水，倒茶——嗯，一樣，一如往常的清淡味道。第二泡，我看著碼錶計時，足足等了五十五秒，才把茶湯倒出來——哇，光是茶香就不一樣，茶湯的顏色也溫潤熟成許多，啜飲一口——這才是茶的味道啊！

原來，我連五十五秒都等不及讓茶湯熟成，讓茶葉舒展。

人生那麼長，我在急什麼呢？

我終於離開了教導處，並且決定開始好好體會如何喝茶。

或者，好好體會真正珍貴的東西。

我記得那個討論課程設計的夜晚，我和文龍兄、鈞鼎兄一直奮戰到子夜；我記得那個因為阿清哥要調回故鄉而抱著他放聲大哭的畢業典禮，兩個男人當著全場學生及家長的面相擁而泣；我記得那個告訴我放手去做，毫不介意當我的橡皮圖章的前輩戴主任；我記得那個在街上偶遇，知道了我即將帶國樂團學生出去參加音樂比賽，趕忙回家拿錢塞給我，要我買東西給學生吃的退休同事；我記得那個搭著我的肩膀鼓勵我「少年仔，不錯喔！」的策略聯盟夥伴學校的主任；我記得那個硬著頭皮幫我蓋章、幫我驗收、幫我補填請購單的總務主任；我記得那個拉著我的手肘要我緩一點、多溝通一點的護士阿姨；我記得那個對我吼著「為什麼你想怎樣就一定要怎樣」的導師同仁……

我也記得所有的同仁夥伴情義相挺捐出十大箱二手物品當作第一次跳蚤市場的物資之前，我花了多久時間，說明了多少次，我為什麼要這麼做。

我當然也記得所有的教師夥伴陸續加入開始使用學習護照當作教學輔助策略之前，

我花了兩年的時間説明、示範、修正、請教與調整。

珍貴的或許就是這樣不厭其煩的溝通。

願意將初衷一次又一次解釋與分析，願意將核心價值一次又一次化作語言或文字，在大部分的人都了然於胸並理解認同之後，才會補上一句：「都是為學生好嘛！」然後獲得彼此相視一笑的善意面容。

珍貴的或許就是這樣看在眼裡的信任。

願意容忍我一次又一次衝撞行政科層體制，願意接受我一次又一次做了再說，願意體諒我豪放不拘小節的業務處理性格，在一而再再而三為我擦屁股之後，輕輕説一句：「下次要小心！」

珍貴的或許就是這樣同理扶持的團隊。

願意看著我一次又一次走在最前面享受四方讚許的眼光，願意聽進我一次又一次自以為是的主觀意見，願意跟著我一次又一次欠缺深思熟慮的調整或改變方向，然後牽強一笑說：「如果你堅持的話！」

我連五十五秒都等不及讓茶湯熟成，又怎麼會等得及讓溝通走在決議之前，讓信任蔓延

在決策之間，讓團隊萌芽茁壯在決定之後？

於是我失去了珍貴的圓熟甘潤，也失去了珍貴的溝通、信任和團隊。
於是我來到輔導室，於是我決定給自己多一點時間，緩一緩，想一想，靜一靜。
我等著水煮開，等著茶葉伸展，等著茶湯熟成，等著啜飲珍貴的滋味。
我也等著再一次學會溝通，等著再一次獲得信任，等著再一次凝聚團隊。
等著再一次珍貴的這些那些都回來！

誰說那天有寒流

珍貴的這些那些都回來需要更多時間，因為損耗的、失去的、傷害的，是這樣長久的兩年三年所積累而成。

但是，某些珍貴的部分，卻出乎我意料之外地先回來了！

離開教導處之前，我開始無心插柳地經營部落格；到了輔導室之後，我開始有心栽花地經營我的A's壘球隊，我的「Here is Alex Speaking!」，還有我希望讓學生願意並喜歡回來的「老窩」——爽中輔導室。

由我集合二〇〇六年畢業生所組成的A's壘球隊隊員們，在我來到輔導室之後，就把我的一人辦公室當成了他們每週六回來爽中練球的休息室兼茶水間兼更衣室。每到週六，打屁的打屁，泡茶的泡茶，借用電腦的借用電腦，整個辦公室彷彿成了他們最自在、最理所當然的集會場所，功能就類似鄉間的大樹下或土地公廟口。

慢慢的，我告訴我的A's們，你們可以做的事不只是打球。於是，二〇〇六年開始，他們會在四校聯合運動會回來擔任志工；二〇〇七年四校聯合運動會那天，回來擔任志工的畢業生突破三十人——回來母校，已經成了一股風氣，是畢業生們最重要的團聚時光。

二〇〇八年暑假結束，在那個高飛球被接殺之後，我的A's第一代成員要各自南北分飛就讀大學，所以經過討論，我們決定正式暫時畫下句點。

二〇〇八年十月，球隊解散不過一個月，我的部落格滿滿都是離鄉遊子們懷念與不捨的字字句句，懷念一起打球的時光，不捨離開老窩的失落。看著這些充滿期待與盼望的留言，我的腦海裡不時浮現當年那些孩子流著淚抱著我哭，問我「老師，你會不會回來？」的場景。

我也好懷念，但不只懷念那些可以一起打球的時光，更懷念辦公室裡喧鬧的笑語，懷念圍繞在身邊的他和她。

我也好不捨，但不只不捨他們離開老窩的失落，更不捨才剛開始帶領他們為母校做一些有意義的事，就要被迫停止，在我眼中，他們可都是人才啊！

我也好期待好盼望這些爽中栽培教育了三年，在我身邊跟著學習、成長超過六年的孩子們，能夠有機會為母校做出更大的貢獻，這樣的貢獻不僅是對學校有助益，也是對孩子本身的一種磨練與訓練，更是對還在爽中就讀的學弟妹們一種最好的楷模榜樣。

禁不住對彼此的思念，拗不過部落格上的殷殷期盼，於是，我在網誌上發出了召集令——老窩相見的召集令！

二〇〇八年的十月十日下午，還未到約定的兩點，我已經在辦公室裡坐立難安。「會有人回來嗎？」「說要回來是真的嗎？」我忐忑不安的思緒沒有煎熬太久，一點半，阿堂出現了，接著是子平、士豪、俊逸。

啊，出現了，還有小可愛、滷蛋，竟然，連一年不見的婉欣都出現了。

更不可思議的是，二〇〇七年畢業的、二〇〇八年畢業的，也都陸陸續續報到了，不管是不是A's的原有成員，一個接一個，從國父銅像後方、從籃球場邊緣、從停車場角落，一個接一個，三個或兩個，在豔陽底下走來，走過綠草如茵的大操場，登上階梯，沿著走廊，穿過石柱，回到老窩。

好久不見的他們彼此笑著、鬧著、拉著、抱著，笑著說這些日子以來在他鄉的生活新鮮事，笑著說過去在爽中讀書時的蠢事糗事，拉著手抱著肩頭，喋喋不休地打斷彼此的喋喋不休。

而我在旁邊看著聽著，感受著如此強烈的向心力、如此濃厚的認同感，是什麼樣的對待，讓他們可以如此珍惜這樣的一分歸屬？是什麼樣的帶領，讓他們可以如此構築這樣的一分凝聚？

可能是爽中，可能是我，可能是A's，可能是過去這些年用心對待的一切總和，迸裂出這樣的點點火花，然後蔓延成熱情的火。

是的，是火，是熱情，我看見了這樣如火一般的熱情蘊藏在每一顆種子裡。

我決心點燃這些火種，開啟這些爽中的人才的熱情。

A's壘球隊的所有舊成員、新成員們，在熱烈的掌聲和歡呼聲中，通過了單週練球，雙週比賽的決議，遠道的大學生們至少每個月要回來兩次，其他的時間我會帶著高中生們好好磨練基本功。

附帶一提，A's專屬啦啦隊及經理團也同時成立，那些女孩們不甘寂寞也嚷嚷著要參與其中，於是，A's陣容霎時不但重現而且更趨壯盛。

那個晚上，一群人浩浩蕩蕩逛了草屯夜市，我們在九宮格投球遊戲攤位老闆不解而疑惑的眼神注視下，抱著一大堆的布偶娃娃當作戰利品，瀟灑地離開。

就這樣，A's重生了。

但我說過，A's不只是會打球就好，A's不會也不能只是一支畢業生組成的球隊而已，我有更大的夢想放在這些孩子的身上，因為，他們都是人才！

二〇〇八年的十二月，四校聯合運動會的籌備會議上，我提出了一個由輔導室與健康中心主辦的活動計畫，我希望將幾個平常很難有機會向所有國中小學生及社區家長宣導的重大議題，以遊戲闖關的方式，在運動會當天擺設宣導攤位。

有老師提出疑問：「運動會時大家都很忙，恐怕沒有人力可以分攤照顧攤位的額外負擔。」

「我有A's壘球隊喔！」我自信滿滿地說。

「人夠嗎？他們可以主持嗎？」

「試試看嘛！」我笑笑地說。

我透過部落格發布訊息，同時指定各屆的兩個學生當作連絡人，去號召畢業校友。

二〇〇八年十二月六日，運動會當天，氣象局說有寒流。

但我怎麼覺得那一整天，身體心裡都暖洋洋的！

一個兩個，這群那群，上屆下屆，都回來了，尖叫，擁抱，擊掌，大笑，開始找事做，開始幫學校的忙，有人顧攤位，有人當裁判，有人倒茶水，有人遞點心，沒有人拒絕，沒有人逃避，沒有人不甘不願，即使是整理垃圾筒，即使是被使喚。

當我看到中午的這一幕，在總共五個宣導攤位前，鴻暐、廣仁賣力演出，即興配合；樹琳、士豪發揮專長，解說體適能；妍花、筱婷親切介紹口腔衛生的重要性……忘記年齡，沒有羞澀，學會放低身段展現學長姐的態度。我的心情在那一剎那，無與倫比的驕傲與感動。

我的學生，可以當老師了！

突然覺得，**畢業後最遠的距離是忘記，最近的距離是感恩！**

那天，不知道誰跑來對我說了這麼一句話：「老師，你是最富足的人！」是啊，我是這麼的富足！因為那麼多與我心意相通的夥伴，一起在每個角落裡奔走，有時僅需一個眼神，便有起身前來的身影——啊，我多麼富足！

誰說那天有寒流？

獨一無二的獎項

二〇〇八年十一月二十三日的這一天，暖烘烘的陽光讓人忘了冬日該有的寒流。

當我自在而低調地走入由佛光山文教基金會和《講義雜誌》合辦的第九屆Power教師頒獎會場，主辦單位的某位工作人員突然抓住我，然後迫不及待地偷偷告訴我：「王老師，安心啦！」並且對我露出一抹神祕的微笑，我當時還愣了好一下子才回過神來——喔！這是暗示我是今年度的得獎者了嗎？不是說要像金馬獎那樣現場公布得獎的是某某某嗎？我還告訴那時任教國文的三甲的孩子們，會有鏡頭對著我拍喔！怎麼就這樣提早曝光了呢？不好玩啦！但我其實很想告訴那位好心的工作人員，我真的一點都不

會緊張或焦慮，能夠來到這裡，能夠在這樣激烈而嚴謹的評審過程中脫穎而出，擠進全國最後兩位的決賽名單，對我而言，已經是一種莫大的榮耀。更何況，我一直深深相信，**是所有一起努力過來的夥伴以及我引以為榮的孩子們帶我來到這裡，在沒有得獎之前，我早就已經擁有孩子們對我的肯定與支持——這才是最獨一無二的獎項！**

在被記者團團圍住採訪完後，好不容易，我終於可以坐在我的位置上，好好地欣賞主辦單位精心安排的各項節目，並且等待早就已經揭曉的頒獎時刻到來。突然，坐在我右側的某位長者輕輕對我說了聲：「恭喜喔，你真的很棒！」我說：「謝謝，您是？」「我是誰你忘了啊？我是決賽當天的口試評審之一啊！」「喔，對不起，我忘了，您是某某校長。」心想還好評審完了，否則不是很糗嗎？那校長接著繼續說：「你真的很棒，你是歷屆以來第一個不需投票表決，就獲得評審們全數一致通過的得獎者。」「真的嗎？為什麼？」「那要問你為什麼願意待在那樣的鄉下那麼久。」為什麼？我想了想，然後告訴他：「校長，我待會上臺致詞時告訴你。」

然後我開始細細回想這一趟旅程，決賽這一天的旅程。

我覺得整個參賽過程其實是一趟發現之旅。

因為要準備書面資料參加預賽，我才發現：哇，我真的做了不少的事呢！

因為要邀請家長及學生參加複賽，我才發現：哇，我好像改變了你們的某些態度或者人生呢！

二〇〇八年十一月十六日（決賽當天）

(05:57AM) 賴了十二分鐘後，終於起床。

(06:30AM) 忘了拿手機，所以又回家上樓。笨！

(07:05AM) 抵達高鐵站，花了一百五十元買了分量小又超貴的 **Starbucks** 小拿鐵＋雞肉 **panini**，我懷念起我家附近那家醫院前的 **7-11** 只要四十元的中拿鐵，而且不必交代我的喜好，那個可愛的店員會自動搞定；我懷念起拉亞早餐檯的 **panini**，大分量又只要四十五元，雖然總等到快發火。

(08:02AM) 一樣快速而擁擠的臺北。

(08:15AM) 區間車到松山，都市人的謀生技能真是不簡單，臺鐵、高鐵、捷運、客運……轉來轉去，轉到我頭都昏了。而且，我真的看到了傳說中的「擠沙丁魚」，車廂裡爆滿的人真的快溢出來了，擠在門口的人得夾緊屁股讓門關上，感覺車廂體似乎有稍微膨脹起來的樣子。

(08:55AM) 抵達佛光山臺北道場。

(09:10AM) 見到了其他組別的入圍者，有國小組的媽媽以及中年男子，有國中組的我以及遲到的媽媽，還有高中組的奶奶以及陽光女子。

(09:20AM) 主辦單位解說流程，承辦人總共講了不下十五次的「我知道你們很緊張，別緊張，緊張一定會的……」之類的話——但是，我不緊張啊！承辦人忽然拍了一下我的肩膀：「你今天比較不耍寶喔！」我說：「你怎麼知道我耍寶？」他說：「訪視委員說的啊，而且和你講電話時，我也覺得你很耍寶。」天！講電話都知道我耍寶？既然都這樣說了，所以接下來就由我和陽光女子負責把場子搞熱，讓大家輕鬆一下。

(09:40AM) 場地介紹，評審介紹：兩位大學校長，兩位高中校長，兩位國中校長，一位國小校長——哇，還見到傳說中的北一女校長。

(09:50AM) 第一位老師進場。餅乾上桌。（各位老師，別客氣，吃吃吃！）

(10:10AM) 第二位老師進場，第一位老師蒼白出場。三明治上桌。（各位老師，吃吃吃，吃，吃嘛！）

(10:30AM) 第三位老師進場，第二位老師傻笑出場。咖啡上桌。（喝喝喝，各位老師，來來來，喝一下嘛！）

(10:50AM) 第四位老師進場，第三位老師裝酷出場。八寶粥上桌。（各位老師，先墊一下肚子嘛，吃吃吃！）

(11:10AM) 第五位老師瀟灑進場（哈，就是我），第四位老師——就是國中組的另一位——自信離場，她要趕攤去了，因為今天是她們學校的運動會，她必須回去主持記者招待會——哇，國中運動會的記者招待會呢！我們爽中一向只有營養午餐招待會。

(11:10-11:15AM) 自我介紹中，原本想要講完三個影響我甚深的老師，沒想到，講到高中畢業，大學正要開始，「噹——」引磬響啦！不是演講鈴喔！是佛教的法器響囉！太莊嚴了吧！只好草草結束。（不過，有兩個校長笑了，工作人員十餘名有六成都笑了。）

(11:15-11:23AM) 發表我的教育願景及理念，引用一千元的幣值與價值作為開端，加入歐巴馬的「Yes, We Can!」及「Change」作為輔助，總結十年的深耕播種，並且不忘提到如果來得及，下午要趕回去和我的A's練球。（有五位校長笑了，工作人員都笑了，並且流露出感動的眼神。）

(11:23-11:30AM) 評審提問。幾個校長輪流提問，每個人顯然都被我的回答，逗笑了，感動了，說服了，認同了……均頭中學的易校長對我真的很好，不斷用微笑鼓勵我，不斷提問讓我補充沒說到的重點。

最後一個問題：「未來呢？」

還沒仔細回想完這個問題的答案，頒獎會場的司儀念出了我的名字，並且告訴大家，我是二〇〇八年 Power 教師獎國中組的全國首獎！

於是我回過神，上了臺，領了獎，致詞時一開場我說：

「請在場的各位來賓再給我一次掌聲好嗎？我要把它帶回去，給我的爽中教師夥伴們，因為他們的無私奉獻，我才能站在這裡；也給我爽中的學生們，因為他們的肯定與支持，我才能有機會上這個臺；更重要的是，給我還在為基測努力的三年級豬頭們，因為有你們，我才有勇氣挑戰這一切，就像你們滿懷勇氣挑戰全國幾十萬的考生一樣！」

後來我對所有的人分享了這十年來我們在爽中努力的點點滴滴。最後的最後，我說：「爽文國中在九二一地震時校舍全毀，是慈濟的師兄師姐幫我們重建了校園；重建時，是一貫道的道親為我們蓋了簡易的組合教室；重建後，基督教救難協會一直在幫孩子們上心靈重建課程；今天，我得了佛光山主辦的獎。學生們問我：『老師，那你到底信仰什麼宗教？』現在，我想回答你們這個問題：『孩子，你們就是我的信仰！』」

下了臺，我繼續思索關於我及爽中的未來。

歐巴馬出生的那一年，黑人還不准與白人同車；隔年，黑人人權鬥士金恩博士發表了著名的〈I Have a Dream〉演說，為黑人爭取基本的人權自由。沒想到，不到半世紀美國人民用選票將歐巴馬這個非裔美籍黑人送進總統府，成為全世界最有權力的男人，誰能相信呢？誰會想到呢？

十一年前，誰會相信，爽中老師可以不再害羞，無論什麼場合都能驕傲地說自己來自爽文；誰會相信，爽中學生可以如此自信，在高中職的夥伴前愉快分享自己的國中生活；誰會相信，爽中教學可以如此多元：隔宿露營、跳蚤市場、英文檢定、閱讀計畫、鄉土教學等；誰會相信，爽中的學生會在畢業典禮時，感恩而不捨地抱著老師哭；誰會相信，爽中的畢業生會在運動會時，自願而與有榮焉地返校服務？

十一年後，誰會相信，爽中學生只有一成國中畢業後成績無法達到升學門檻，只有二成基測成績不到PR25，約有三成基測成績名列全國前七〇%，不到四成其實來自非弱勢家庭，有五成在畢業後會定期地返校走走探望老師，有六成在二年級結束時就通過一千二百個英文單字檢定，有七成都會演奏國樂樂器，有八成可以考上公立高中職，有九成會自己完成每週的語文抽背，有十成都可以接受專業的藝術家教學。

誰會相信呢？誰能想到呢？

誰又能想到我會因為這樣的十年，獲得這樣獨一無二的獎項呢？

當然，這個獎項我說的是：孩子也把我當成他們心中的信仰。

我不會忘記決賽那一天我的結尾是這樣說的：

「如果各位評審沒有問題了，我想我還是得先趕回去爽中了。

我還是要趕回去練球，跟我的A's；我還是要趕回去上課，為我的三甲；我還是要趕回去聊天，跟常來輔導室的畢業生們；我還是要趕回去喝茶，跟我的夥伴們；我還是要趕回去寫字，為我的部落格忠實觀眾；我還是要趕回去拍照，為我的校園四季；我還是要趕回去耍寶，為露營晚會或跳蚤市場拍賣；我還是要趕回去盯著，為絲竹的每一次演出或比賽；我還是要趕回去回覆，為我的孩子們的留言；我還是要趕回去簽名，為我的學生們加點或扣點；我還是要趕回去發呆，為我夢想的將來；我還是要趕回去安排，為運動會回娘家的孩子們；我還是要趕回去上線，為畢業的女孩們解決情感困擾；我還是要趕回去募捐，為等著兌換跳蚤市場二手商品的笑臉；我還是要趕回去品嘗，為我的技藝學程孩子們的麵包；我還是要趕回去，一如往常的匆匆。」

我真的是這樣說的，因為我真的是這樣認為：我其實不太需要誰誰誰來評審我，孩子們已經告訴我，我就是他們心中 Power 無比的王仔（我不喜歡這個稱呼啦）；我其實不太需要誰誰誰來肯定我，孩子們已經告訴我，我是Power 無敵的丸主任（這個還好）；我其實不太需要誰誰誰來加冕我，孩子們已經告訴我，我是Power 無雙的章魚哥（這個最莫名其妙）！

所以，不管如何，**我當然還是要趕回去的，趕回去那個我摯愛的地方，繼續我深愛的付出，為了可愛的他她它。**

所以，未來呢？

分外事！分內事？

未來還沒有來，我只想把握那當下被點燃得如火般的熱情。

二〇〇八年的策略聯盟運動會那天中午，我和這些被我號召回來的，不管是不是A's成員的畢業生們，說了關於我們未來的另一個夢想：

我們來組成爽中大專青年服務隊如何？寒暑假我們可以自己辦理營隊，依照每個人的學習專長設計三天兩夜的課程，針對國中小的學弟妹們提供有趣而多元的學習內容，如何？

這樣的構想馬上獲得孩子們的認同，只是有個學生突然提出問題：「老師，我們是高中生ㄋㄟ！那我們就不可以加入大專服務隊囉？」還有個學生更妙，他說：「老師，我快要大學四年級了，那我畢業後就要退出了喔？」於是，想了想，我們的名稱就出現了——爽中青年軍，簡稱「爽青！」（尚青啦！）

運動會結束的傍晚，我又再一次地漫步到爽中原本綠蔭成拱的階梯，這個階梯有我太多的回憶：曾經，證嚴上人來這裡見證我們的校園落成典禮；曾經，我帶領著孩子們在這裡上童軍課，朗誦我的新詩作品；曾經，我們一起鋪設連鎖磚，一塊一塊地搬了一萬多塊連鎖磚……有太多曾經在這裡發生，在這裡出現驚喜，在這裡醞釀青春，甚至，那一年，我們就在這裡舉行露天的畢業典禮。

一天天，一年年，那些理著小平頭的小男生、那些清湯掛麵的小女生，都長大了，元婷、琪瑋、孟璇、婉欣、詩穎、子平、筱婷、珮伊、慧雯、妍樺、如珮……都長大了，那些在我生命中占有一席之地的孩子們，都長大了，而綠蔭的枝幹不知道被誰砍了，我的頭髮，不知誰幫我偷偷染上白色的霜……

一天天，一年年，我就在這裡度過了第一個十年，就像陳奕迅的那首歌：「十年之前，我不認識你你不屬於我，我們還是一樣陪在一個陌生人左右。」我的意思是，如果不是那場地震，我不會留下來；因為決定留下來，所以我有了機會做了更多更多的事。看著校園的四季變化，春天的薄霧瀰漫，夏天的油桐飛舞，秋天的落日夕陽，冬天的寒雨如針。**如果我不留下來，我就不會認識你們；如果沒有認識你們，我的生命不會如此豐富而完整，我的青春不會如此無悔，我的世界不會如此遼闊。**

誰砍了榕樹的枝幹，我知道，但我不想說，我只想把這一切的影像放在心中，偶爾的鳥叫掠過靜謐的校園，飄落的葉子拂過連鎖磚，陽光恆常熾熱，白雲始終閒掛在山頂，那些掙扎著留不留下來的疑惑猶豫都已走遠，而我還在，留了下來，不曾離開……

但，留了下來不代表永遠不會離開。事實上，在未來的某一天，我終將可能會離開。但，離開的那一天，我希望看到我領導出來的孩子們都可以承擔起這一切，承擔起自己家鄉的分內事！

A's壘球隊為北中寮留住了人才，每週末我們在爽中練球，分享彼此的學習心得與生活感想，隨著這樣的互動，我們的心緊緊凝聚在一起，對於學校有著更深的認同感。於是，運動會孩子們開始回來當志工；學校有事，孩子們一定會回來幫忙；對於不好的習慣或行為，我要求他們一定要努力去改；對於有意義的事，我要求他們多多參與。就這樣，我們的成員在二〇〇八年已經突破了三十個，從大四到高一都有，有即將成為老師的大學生，有西洋劍全國前八強的高手，有成功大學的高材生，有空軍官校的未來女軍官，也有腿斷了還是每次球賽或練習必到的鄉民代表兒子。當然，還有遠在南部北部讀書但是回家必來球場報到，或者面臨高三升學壓力還是會抽空前來陪我們的啦啦隊們，週六下午，爽中多熱鬧！就像《海角七號》裡的主席說的：「誰說恆春沒人才？」爽文當然也有人才！只是沒有更多的人才留下來，或者沒有人帶領這些人才為社區、為故鄉做更多回饋的事，我們用心培養的人才，如果畢業了就不回來了，對地方、對社區沒有向心力，那是多麼可惜的一件事啊！而這個壘球隊就是這些人才的根啊！

從「根」出發，然後開始茁壯，我希望「爽中青年軍」能在未來開出另一朵飄著家鄉味的花。幾年前，謝百亮校長的調校給了我一個很大的啟發：真正好的領導是即使領導者離開了，所有的事情還是可以順利而正常地運作，甚至更好、更突破，這樣的領導才是最好的領導、真正的領導！

而我多希望青年軍們可以把我對於「教育」這件事的堅持和信念，以另一種更為深耕在地的方式繼續傳承下去。以前，類似爽中這樣的偏鄉弱勢學區總是只能期待誰的寒暑期營隊來進駐或協助北中寮，但或許以後，青年軍們就可以自己協助自己，不用等待。

哇，這個夢會不會太大了點？我會不會做了太多的分外事？

對於一個外地來的老師而言，我似乎是太雞婆了！把書教好，把學生帶好，然後過自己的生活，這才是我的分內事，我似乎離這樣的標準有些遠了，是嗎？

但就把分內事當訓練，把分外事當磨練吧！訓練讓人生的模樣成型，而磨練則讓人生的價值發亮！

我親愛的孩子們，我多希望你們在接受了這麼多的用心對待，然後終於明白該把自己的分內事——也就是課業學習這件事——做好之後，還能學會去做更多看起來是分外事，但其實是為自己家鄉深耕的要事！

孩子們，來，老師帶著你們，我們一起來試試！

沉甸甸的付託

願意幫我帶著孩子一起試試的人，還有廖爺爺和廖奶奶！

廖氏老夫婦是一對來自臺北的退休銀髮族，當初為了孫子的健康問題，所以離開了都市，來到北中寮養老，同時希望給孫子一個乾淨的成長環境。

來到北中寮純粹是無心的選擇，但是因為廖爺爺、廖奶奶的熱血心腸，讓這樣的一場因緣際會變成北中寮的福報。

他們的孫子就讀了清水國小（四校策略聯盟的夥伴學校）之後，廖爺爺閒來無事會到學校走走，幾次走訪之後，因為被林校長及教師團隊的用心感動，於是開始義務到清水國小協助英文教學（廖爺爺以前是美軍在臺部隊的翻譯官）。後來，除了將協助教學的範圍擴大到北中寮其他兩個國小之外，更將自己租賃的房子提供出來作為夜間課業輔導的場所。因為他看到這裡的孩子，別說書房，連書桌長什麼樣子都不知道，常常是餐桌兼雜物桌兼神明桌又兼寫字檯，所以他熱心地吆喝孩子們晚上到他的住所去念書寫功課。孩子們都非常喜歡這樣的一個場所，除了廖奶奶總是無限量地提供紅茶、餅乾之外，可以在一個舒適乾淨的地方讀書寫字，不會的功課又有人指導，是他們以前從未想過的事情。

幾次四校策略聯盟的活動讓我與廖爺爺、廖奶奶有了初步的認識，他們總喜歡找我閒聊，聊國中的教學策略、聊社區的青少年、聊教育、聊願景。

後來我才知道這樣的閒聊其實是他們在確認，確認我的理念是否真如林校長所說的一樣，為了建構一個屬於偏鄉弱勢孩子的希望工程在努力著，這樣的確認是為了決定是否要讓他們的孫子繼續留下來就讀爽文國中。

很高興，很感恩，他們留了下來。

因為留了下來，所以他們成立了一間外貿公司，生產防火專利產品，希望在產品的製作過程中，可以提供北中寮部分的中高齡婦女一個發揮專長——也就是縫紉——的機

會，他們希望透過這樣的方式，更實質地幫助這個地區的經濟不利現狀。

公司成立一年之後，他們逐漸體會這樣的協助是一種末端的杯水車薪，也更為明白我強調的「教育」，才是一種更為釜底抽薪的改變現狀方法，雖然比較慢，但卻是真正的希望工程。

於是，對於教育的投入，他們開始與我同行。

他們繼續將嶄新落成的木屋豪宅提供給孩子作為晚間自習的場所，每週三天，廖爺爺會分級授課，給予不同程度的孩子英文學習的協助。此外，林校長也每週至少兩晚會到書齋指導數學（林校長是數學專家，也是南投縣國教輔導團數學領域的召集人）。

對了，他們的新居因為坐落於北中寮清水村的瀧林巷，所以命名為「瀧林書齋」。每個晚上，昏黃的燈光照射在書齋的燙金銅字上，屋內是兩個長者的殷殷教誨聲音，伴著孩子的歡笑聲，是一幅動人的偏鄉天堂圖象。

接著，為了爽文國中的絲竹樂團，他們四處奔走，除了自掏腰包支撐樂團經費不足的窘境之外，還為了尋找更多長期資助的來源，到處請託，到處尋找可能的機會。後來，在《自由時報》記者鳳麗姐的穿針引線之下，九二一重建基金會給予我們一筆可觀的挹注，讓中斷半年的絲竹樂團可以重新再續，也讓孩子們音樂學習的機會，得以失而復得。

後來，當他們聽了我的爽中青年軍構想之後，大表贊同，並且立刻給了我們一份大禮——就是將瀧林書齋的一樓，提供給青年軍作為永遠的總部。

二〇〇九年一月，在廖爺爺、廖奶奶的熱情催促之下——因為我正忙著其他的瑣事——「爽中青年軍」正正式式在瀧林書齋，也就是我們的總部，召開第一次的軍團大會。在柔和的原木大廳，我與還是懵懵懂懂的青年軍夥伴們分享著我的夢想，並且規劃了接下來的幾個行程。幾十個孩子就這樣聽著我滔滔不絕地述說著，廖爺爺、廖奶奶也是，他們就這樣微笑不語地坐在最後頭，看著我們，看著一直以來他們兩個外地人希望做到的事，似乎有那麼一些機會，會在這群在地青年的身上實現；看著一直以來他們兩個老人家費心費力想要多幫這個地區一點忙的心意，似乎有那麼一點可能，會透過我堅持的方法與信念而開花結果。

我們在北中寮國中小播種翻土扎根，然後要在青年軍身上開花結果。

青年軍們開始利用週末，不定期到社區裡的景點——龍鳳瀑布去淨溪，這是我要求的第一件事，讓社區民眾看見你們，看見青年軍。廖奶奶常常打電話給我：「哇！今天

青年軍又有幾個一早就去淨溪，看了真高興。」我也很高興，青少年的熱情無限，一點點引燃，就會風風火火！

接著，二〇〇九年六月開始，為了我們的第二個夢想——爽青棒球生活營，我和青年軍的幹部們開始定期在總部開會討論。你能想像嗎？沒有足夠的經費，沒有足夠的經驗，我——一個大孩子，帶著幾十個青年孩子，準備為北中寮國小的小孩子，辦理一場三天一夜，提供五餐飲食及球具的夏日營隊，沒有太多奧援，只有一股傻勁，我們義無反顧，勇往直前。

廖爺爺、廖奶奶常常陪著我們開會討論，支援各項瑣碎的行政事項，並且一再詢問經費的缺口是否獲得解決。

我堅持自己來，不要這對辛苦的老夫婦再為我們操心，但是，他們也一樣堅持：社區孩子的活動，社區家長怎麼可以不參與、不支持？

於是，在我不知情的狀況之下，他們挨家挨戶去向社區家長說明，並希望家長至少能點滴參與。後來，一共超過二十戶的家庭每戶各捐了三百元當作餐費——廖爺爺、廖奶奶希望多點參與，而不要只是某幾個人承擔所有原本屬於大家的責任！這個募捐總共募集了一萬元，而你知道嗎？青輔會對於我們的活動申請，只核准了六千元，三天一夜八十人的活動耶！經過我的詢問，得到的解答是：「你們可以收費啊！」收費？在這個吃飯都有問題的地方，要付費參加一個沒有聽說過的營隊活動？

唉，又是一個冷氣房裡的決策！

二〇一〇年七月，第二屆的爽青棒球營更為熱鬧且盛大的展開了，參加活動的學區小朋友超過四十五人，而熱情參與服務的青年軍夥伴們則突破五十人。這一場超過一百人，盛況更勝二〇〇九年的生活營隊，照例青輔會又熱情支援了六千元，但無所謂，第一年的活動經驗告訴我們，熱情雖不能當飯吃，卻可以讓青年軍忘了饑餓——或者願意忍受饑餓。

開幕典禮在早上，我左看右看，就是不見始終支持著我們、陪伴著我們的爺爺、奶奶出現，我有點悵然若失，因為我很想讓他們看到這麼壯盛的場景，看到這麼有效能的青年志工團隊，感受一下，我們一起扶植的青年軍，似乎真的開出了花，迎風招展著！

雖然爺爺、奶奶沒有來，但活動仍然一直順暢地進行著。

下午，我坐在鐵椅上，看著青年軍主持著小隊時間的感恩活動，突然，廖爺爺、廖奶奶出現了！

一貫的緩慢步伐，奶奶攙著爺爺，帶著微笑，走向了我。

我起身想要示意青年軍暫停活動，讓爺爺、奶奶對大家說說話，但爺爺制止了我，要奶奶一起和我坐下來，看著他們，看著大小孩帶小小孩，一起透過遊戲學習感恩的重要。

然後，爺爺和奶奶點了點頭，從包包裡拿出了一只信封袋。

「王主任，這些是要協助這次棒球營的。」廖奶奶說。

「這是……？」

「今天早上，我們透過林校長辦的一場教師研習會，到會場去義賣花布包和手工香皂。」奶奶又是溫柔而堅定地笑笑。

「喔！」

「所以今天早上才沒有辦法來參加開幕儀式。」爺爺帶點歉意地說。

「喔！」

「你辛苦了，要青年軍好好表現喔！我們還有事，先走了。」

「喔！」

我完全失去說話應對的能力，看著他們老邁但活力無限的身影，我深刻感受我手中這一只信封袋的重量。

這分重量，是他們兩個外地人對於本地社區希望工程的情深義重，是他們對於青年軍的溫暖期許，是他們對我的完全信任、完全付託。

我捏在手中，久久無法自已，看著青年軍們準備帶著小朋友到操場去進行下一個棒球課程的教學，我叫住他們，要他們和我一起大聲喊：

「我說爽中青年軍，你們說加油、加油、加油，OK？」

「OK！」

「爽中青年軍！」

「加油、加油、加油！」

我是驕傲的王

當「加油、加油、加油」的聲音一陣又一陣的響徹雲霄，我的眼淚又蠢蠢欲動！

這是二〇〇九年七月，第一屆爽青棒球生活營就這樣奇蹟似地誕生了，四十個北中寮學區內的國小孩童和四十五個爽中青年軍，還有一個熱血到不問錢在哪裡、資源在哪裡、設備器材在哪裡的我，在廖爺爺、廖奶奶的堅定支持之下，把這個從來不敢想像會發生在這個偏鄉的活動，克難而浪漫地實現了！

從五月底開始，我帶著幾個核心的青年軍幹部——筱婷、妍花、如珮、慧雯、芷暄、雅婷、樊茹等，在青年軍總部——也就是瀧林書齋，度過好幾個漫長的夜晚或白天，規劃流程，設計課程，統籌人力，計較細節，爭取資源。這可是一個超過八十人的活動哪！而我，一個沒有真正主持過小朋友營隊的老師，竟要帶著另外一群更沒有任何活動帶領經驗的大朋友們，去把這樣一個三天一夜的活動付諸實行，哪裡來的勇氣啊？

累了，倦了，遇到瓶頸了，想要草草結束了，每當這樣的低潮困頓出現，我一抬頭就會看見望著我的這些大孩子，他們全然信賴的眼神總讓我剎那甦醒，再次振作，拿起筆，撕掉「此路不通」的計畫，重新再來，繼續奮戰！

經費是四處募集來的，球具是四個國中小借用的，道具設備可以發揮創意勉強產出，海報看板則讓阿慈、妍花傷透腦筋，採買添購茶水點心要斤斤計較，活動 T-shirt 更是壓低成本只求堪用就好，最重要的是小隊時間的遊戲課程，我親自設計，並且要求多次演練。

棒球生活營的重點絕對不是打棒球而已，棒球的教學只是提供一個吸引小朋友前來參加的元素，**我真正想要傳達的是楷模作用和生活教育！**

當那些住在左鄰右舍的大哥哥、大姐姐突然搖身一變，成為帶領活動、設計課程、服務孩童、回饋社區的青年軍時，小朋友們的感受會是全然不同的楷模學習。我試圖讓學區的孩童們看到青年軍們因為認同學校、在乎社區而願意為深耕家鄉多付出一點點的熱情，我試圖讓聯盟夥伴國小的孩子們體會到青年軍們為了成就自己、服務他人而願意為圓一個夢多努力一點點的傻勁。我試圖這麼做，也清楚地向青年軍們這樣傳達。

每一個小隊時間的遊戲設計都是為了落實生活教育的諸多面向，比如：向土地公擲筊的遊戲，是為了傳達「禮貌」的重要性，而翻字卡的記憶力大挑戰遊戲，則是為了傳達「感恩」的必要性。甚至，在每天每天活動課程結束的時候，大朋友頒發「蘋果卡」給某幾個小朋友的設計，則是為了鼓勵積極參與的優秀隊員，或者表揚今天比昨天更進步、下午比早上更進步的孩子；另一方面，小朋友則必須獻上「好人卡」給青年軍，這些被貼上卡片的大哥哥或大姐姐，或者是孩子心目中的偶像，或者是幫他們解決了任何一個問題的恩人。互相欣賞，表達感謝，發掘優點，鼓勵向上，都是生活營想要傳達的正向價值觀。

棒球生活營不只是一個歡樂的球類夏令營而已！

小朋友們興奮而熱切地報到了，大朋友們生澀而盡力地接待招呼上場了，棒球營開始了；球具拿到了，太陽猛烈了，吆喝聲爆裂開來了，臉頰紅通通了，汗水滴落了，揮棒彎腰抬頭擺臂的動作拉開了，棒球教學課程開始了；請、謝謝、對不起的禮貌問候流動了，加油加油GO GO GO的團隊默契連結了，感恩爺爺、感恩青年軍、感恩學校的大聲感謝迴盪了，大哥哥你好棒、小妹妹你進步真多的由衷欣賞說出來了，小隊時間的價值傳遞開始了；大手牽小手的舞蹈排練伸展開來了，一句教一句學、我先示範你們跟著做的手語歌唱喧鬧了，臺詞、服裝、道具、動作、表情的主題戲劇彩排了，晚會，就要開始了！

我不是天生的主持好手，但因為我擁有最熱情的觀眾，所以我的每一句話、每一個邀請都會得到漫天震響的回應。大朋友帶著小朋友上臺唱歌、跳舞、演戲，唱感恩的、熱情的、動人的、歡樂的歌，跳扶持的、流行的、凝聚的、陪伴的舞，演正向的、逗趣的、教化的、質樸的戲；雖然只有零碎的時間可以準備這些精采的節目，但是每一個節目的精采不僅僅是用心投入的呈現，而是夥伴們彼此用力忘情地為彼此喝采，彼此認真專注地為彼此加油。這樣的喝采、這樣的加油，讓每一首歌、每一支舞、每一齣戲都精采絕倫到了極致。

這不就是夥伴的意義？不就是團隊的價值？不就是青年軍棒球營的信念？

〈爽青之歌〉不知道反覆高唱了幾次，但每一次都聲勢驚人，幾近破表。

然後，燈熄了，送走了最後一個小朋友之後，我和青年軍們照例留下來，為夥伴們今天的表現喝采與檢討，為明天的細節鼓舞與確認，青年軍圍繞著我，我在青年軍的中央，光線稍微昏黃，空氣中還有些許未平息的喘氣聲，年輕的臉龐上看得出疲累，但更多的是閃耀著光芒，那是不敢相信自己竟然可以做到這麼多這麼好的興奮，更是不常出現在臉上的自信。

我緩慢而堅定地說：「我們做到了，不是嗎？」

我看到許多用力點頭的淚水，更看到了每一張驕傲的笑臉，包括我，這一晚，我是一個驕傲的王！

會看見的

驕傲的背後其實承載著許多的不解、許多的旁觀，以及許多的懷疑。不解來自於家長。不少青年軍的家長其實不是很能理解他們的孩子們到底在忙些什麼？或者，為什麼要忙？

包括阿珮，包括樊茹，其實都背負著爸媽無法認同的壓力。天真的我並沒有在活動籌備階段一開始就警覺到這種現象的可能性，也沒有從她們逐漸出現的不安與煩亂的表情中解讀出來，一直到某一次開會時，缺席的夥伴人數異常的多，我才突然驚覺，是不是發生什麼事了？其他到場的夥伴囁嚅地閃爍其詞，我追問多次後，才終於一五一十地說出原委：阿珮每次出來都要經過一番拉鋸和折騰，樊茹每次晚歸都要戰戰兢兢地解釋又解釋，不只她們，大多數的夥伴們其實都必須承擔父母或多或少的不解與微詞。

我太粗心了，或者，我太天真了。

這裡的家長多年以來就習慣著封閉而保守的生活作息，特別是地震以後，謀生不易的經濟壓力，讓他們對於自家事務以外的風吹草動採取敬謝不敏的態度，能夠照顧好自己家庭是最重要的事，除此之外，那就自掃門前雪吧！突然之間，他們的孩子要去參加什麼青年軍，不好好打工賺取學費，或者在家縮衣節食料理家務，要去從事什麼服務的營隊，那不是「呷飽太閒」是什麼？又要開會，又要籌備，又要彩排，還要連續三天早出晚歸，是在「搞什麼蚊子」？甚至，活動前一天，還傳來阿珮可能被媽媽禁足的耳語。

我寫了一封信，詳細解釋我的想法，也清楚說明了流程及規劃；接著，幾個重要幹部的家長都接到我的致歉電話，我還親自去了一趟阿珮家。然後，我嚴格要求青年軍們在每次出門的前一天，一定要仔細並溫順地向父母報告行程，絕對不可以情緒性嚷嚷：

「啊！你們不懂啦！」

就是不懂才要好好說明啊！**我強調做好事更需要有好態度，不可以因為是做好事，所以就擺出一副全天下都要體諒我、理解我、支持我，甚至是配合我的姿態。**

情勢這才漸漸好轉。

旁觀來自於青年軍的同儕。不少夥伴們的同學其實冷眼或者袖手旁觀著我們試圖在醞釀著什麼？或者，為什麼要醞釀？

包括筱婷，包括妍花，其實都承受著同學們奚落玩笑的話語。

青年軍？你們在玩CS喔？

或者，棒球營？你們那麼愛打球喔？

更別提什麼服務，什麼深耕，什麼夢想了。

對於一般的高中生、大學生而言，生活中有太多可以忙、想要玩、需要做的正經事或雜事了，會念書的要忙念書，不怎麼愛念書的想要偷閒貪玩都來不及了，更何況是不愛念書的可能都得被迫「自願」在家農忙或者出外兼差了，誰還有那個閒功夫去青年軍、去棒球營、去服務、深耕、夢想呢？

我對夥伴們說，別急、別害羞、別氣急敗壞地解釋，只要笑笑地對他們說：「有機會來看看囉！」

然後，我們回頭繼續努力，繼續投入，有一天，他們會看見的！

至於懷疑，則是來自於我自己。

青年軍成立了，淨溪開始了，棒球營也實現了，接著呢？我還可以帶著這些對我充滿信任的孩子們做些什麼？我其實是有想法的，但是我的確也是懷疑的——他們，真能具備足夠的能耐與能量，去達成更實際、更直接的協助嗎？

二〇〇九年的棒球營結束後，青年軍莫名所以地入圍了「全國優秀青年志工團隊」的決選，這是一個行政院青輔會每年舉辦的盛事，聚集了全國來自各大專院校的菁英團隊，或許是海外服務，或許是青少年輔導，或許是部落關懷，或許是環保扎根……不管是哪一項哪一個團隊，都是工程浩大的事業，背後也都有著分工明確、專人負責、資源豐沛、歷史悠久的組織或單位在支持著，那我們呢？

為學區的小朋友舉辦棒球營，到社區裡去淨溪，然後呢？我一個人帶領著主持著，雖然有廖爺爺、廖奶奶等好朋友們支援著，可是，這樣夠嗎？

為了二〇〇九年的全國決選，我花了兩個晚上準備了充分的簡報及資料，準備向評審們及各方的志工們好好介紹我們。但到了決選會場才赫然發覺，指導老師是不能上臺報告的，必須由青年志工們負責所有簡報的呈現。這下可好了，一起同行前往的青年軍們已經是我們這個團隊表達能力最好的了，但我清楚知道，他們還不到可以上臺的程度，不管是邏輯思維、口說能力、臺風儀態，都距離成熟階段很遠，怎麼辦呢？

還好，我們是十組入圍團隊當中最後上臺的，我緊急更改發表方式，取巧地用現場記者連線 **call in** 觀眾的方式，試圖由我的發問引導孩子們說出簡報的重點，但即使他們認真地演練了幾次，真正上臺的時候，還是「二二六六」。

有人緊張到說不出話，有人結巴到捏自己的嘴，有人忘了自己的臺詞，甚至是在評審提問的時候，兩個孩子竟未語淚先流——除了是想起當初參加青年軍過程的心酸委屈，更多的是為了自己無法清楚表達而自責！雖然評審給予了高度的肯定和感動，但孩子們其實自己也知道，他們距離前面九組的水準，還很遠。

第三名團隊的動感呈現，第二名團隊的活潑演出，當然讓孩子們開了眼界；而第一名團隊的專業、自信、風采、完美，更讓青年軍們為之震懾，張大了嘴，說不出話來，即便只是他們臉上淡淡的彩妝，高高的包頭，設計過的手勢與表情，也讓青年軍們看到了城鄉差距的殘酷與真實。

我們彼此安慰與鼓勵：入圍已經很了不起了。但是，我更珍惜這樣一個讓青年軍們親眼目睹真實世界的機會。我對他們說：「我們的初衷很好，我們的信念很棒，但我們的專業還不夠，自信還不足，組織還不嚴謹，教育訓練還不夠紮實，做到的事還不夠多、不夠實際，我們一定會更好，但我們要更努力！」

二〇一〇年暑假的第二屆棒球營，青年軍們更為實際、更為積極地參與了課程的設計、規劃與執行，我逐漸釋放主持與主導的角色給更多的核心幹部去承擔，並且更為嚴謹與嚴格地講評、考核、檢討每一個活動與課程的成效與意義，每一個流程與執行的效能與價值。棒球營結束之後，檢討會上，我們立刻選定了如果入圍決選，要代表出席發表的成員。確定入圍之後，立刻開始簡報的製作，然後在總部實際演練了幾次上臺的流程。每一句話、每一個畫面、每一個關鍵點，我都以演講多年的經驗加以指導及修正，廖爺爺、廖奶奶也以聽眾的角度，實際感受與聆聽，並提出建議與鼓勵。

但，我沒有因為這樣的準備而忘記了我們真正感動人心的力量——質樸而強韌！我告訴他們，**我們就像是開在貧瘠野地裡的花，不起眼卻強韌地迎風招展，沒有太多的塗脂抹粉，只有單純堅定的向陽！**

二〇一〇年十二月決選那天，恰好也是北中寮四校運動會，我讓青年軍孩子們自己北上，自己找到自己的舞臺，好好去發揮。

傍晚時分，筱婷打電話向我回報，語氣中充滿興奮，似乎對得獎很有信心。我告訴她，青年軍的成長才是最棒的獎項。

隔天中午，電話再次響起，話機的那一頭傳來更興奮的聲音，筱婷叫著說：「我們得獎了，青年軍得獎了！」

那是教育類的創意服務獎，是全國最後四強的獎！

筱婷說，評審的評語有一句是這樣寫的：「**沒有看過這樣組成的團隊，用這樣的方式在做這樣的事！**」

我就說啦，「筱婷，我們會被看見的！」

讓野地開花

青年軍被看見的不只是準備得更充分的簡報、熱情的活力、堅定而單純的信念而已，二〇一〇年開始，青年軍更讓大家看見，他們已經具備足夠的能量，可以做出更實際、更有助益的回饋與深耕。

青年軍正式接手學弟妹們的寒暑假課業輔導。

爽中學生的學習護照會記錄他們在學期中「語文抽背」、「英文分級檢定」以及「作業」的表現，如果沒有過關，會被學校要求在寒暑假到校完成他們應該完成的學習責任，沒有人可以例外，這是我們對於基本能力的堅持。在過去，這個被爽中老師戲稱為「冬令營」或者「夏令營」的補救學習活動，是由必須在寒暑假上班的行政人員負責監督及提供協助，雖然行政人員（包括我）利用上班時間進行這樣的學習輔導並不會再占用老師們額外的時間，可是長期下來畢竟會是個負擔，人力也會是個問題，能夠完全照顧到的孩子難免有限，因此我一直思索更有效能的解決之道。

而，青年軍這些高中生和大學生們，能夠協助學弟妹們完成這些基本能力補救學習的人數，隨著這幾年我們的努力經營，已經逐漸增多，並且質量俱增。同時，他們也很清楚對於這些基本能力的要求有多重要，更明白我們堅持的關鍵點在哪裡，明白教材的內容，明白過關的程序與要求，因為他們自己也都在國中階段走過一遍，再清楚不過了！過去，或許具備這種協助能耐的畢業生不多，但現在不一樣了，我們所栽培出來這方面的人才，比比皆是。

所以，教棒球的教棒球，帶營隊的帶營隊，指導課業的指導課業，青年軍們幾乎可以人盡其才了！

因為人盡其才，所以寒暑假課輔的師資人力問題解決了，低成就孩子的受輔品質提高了，我們對於基本能力的堅持更貫徹了。

爽文國中的希望工程，似乎更接近理想藍圖一步了，基本能力的堅持，成功機會的創造，學習動機的增強，整體氛圍的營造——哇，真是太棒了！

青年軍，彷彿是拼圖裡重要的一塊，讓希望工程的輪廓更加清晰！

我看到因為對基本能力的堅持，所以有將近八五%的學生可以升上國立高中職，二〇一一年的模擬考，我甚至發現**PR10**以下的人數比例趨近於六%，遠比二〇〇六年出現那個有史以來第一次的臺中一中學生，更讓我感到興奮。因為這代表我們對於基本能力的堅持，已經讓原本屬於學習低成就的這一塊族群，向上提升到中下甚至中間階層了。對於偏鄉弱勢的學校而言，不靠特殊身分加分而能考取第一志願，是一件可遇不可求的夢幻美事，但能讓學生學習成就整體提升到水準之上，卻是一件多麼不可思議的浩大工程。很高興，我們似乎辦到了！

我看到了因為學習動機增強的創意策略而發揮的功效，包括後效增強的跳蚤市場，提供了學生及家長實際改善現狀的方法，體會到了受教育的必需及重要；寒暑假到校由青年軍協助學習輔導，則讓孩子們明白學習可以慢一點，但不能就算了，更清楚知道要為自己的學習負責。但，爽中的老師團隊經過彼此對話，明白代幣制度後面可能帶來功利思想的不當思維，所以在每一次的學習護照加扣點進行時，都不忘正向地補上幾句讚美（也就是社會性增強），告訴孩子：「真正的價值不在於你加了幾點，或是你可以換到什麼好東西，而是你學習了，成長了，你有能力可以換，才是最大的獎賞！」學習護照的點數紀錄可以顯示，國三學生幾乎不需要加扣點就會去完成他們應該要做到的事，包括課堂表現、作業完成、測驗評量等，幾乎都能達成最基本的要求，然後將具體的數據呈現在升學測驗的好表現上。

我看到了因為整體氛圍的營造，使得北中寮學區呈現出積極而正向的教育競爭力。北中寮四校策略聯盟的有效運作，讓學習可以九年一貫，資源可以共享互利，能見度因此提升，七個村的子弟因此有了更好的在地教育選擇；瀧林書齋的穿針引線，讓更多外地資源發現並且願意提供協助，願意將對教育的關心與期望投注在這塊原本貧瘠的教育荒漠；而青年軍的凝聚與成長茁壯，更讓在地青年深耕鄉土的夢想得以實現，讓接受九年完整而良好栽培的北中寮七村的人才，可以繼續為家鄉服務與貢獻，讓這個原本文化不利與經濟不利惡性循環永無休止的窮鄉僻壤，似乎出現了翻身與改變的機會曙光！

我看到了因為成功機會的創造，讓爽文國中的每一個孩子都可以在這個機會校園裡，找到屬於自己的成功舞臺。外聘專業師資實施教學的陶藝、美術、絲竹樂團，讓學生的多元智慧得以經由探索而得到開發，這不僅僅是一個公平受教權利的實踐，更是學生應該擁有的找到自己亮點的機會；而銜接藝文領域所規劃的技藝學程設計職群，則讓學生在國三階段除了學術領域的升學管道之外，還可以選擇不一樣的生涯進路。爽中學生這幾年在南投縣的技藝競賽成績好到嚇人，參賽學生得獎率幾乎是百分之百，特別是在設計職群的陶藝組別，往往都是包辦全縣冠亞軍。在爽中，雖然選擇技藝課程的孩子在課業學習成就方面的表現較不突出，屬於學業中低成就的學生，但因為國一國二階段外聘專業師資的授課，培養或啟發了這些孩子的學習興趣，加上對基本能力的堅持，使得因為技藝競賽表現優良而甄選錄取國立高中職的比例更幾乎是百分之百。

這塊原本貧瘠而荒蕪的野地，因為這樣的播種翻土澆灌與扶植，現在已經可以看到繁花盛開的美景，因為用心經營、用創意規劃、用堅持扎根，所以已經可以看到了學習表現的蔚然成林。

而，**這不是教育原本就該發揮的作用——讓野地開花！**

謝謝你們，我的孩子

這的確是片野地，我在北中寮的這十五年，整個學區的經濟狀況並沒有好轉，窮的依然窮，甚至更窮，而弱勢的依然弱勢，甚至人數比例逐漸增高，但十五年來，原本被命運灑落在這裡的種子，的確因為被用心地對待，而開出了原本就應該要綻放的花。每一個學生本來就是一顆顆的種子，命運是風，讓他們落地在這裡，這是誰也無法選擇的宿命，而每一顆種子原本也都蘊藏著各自不同的能量，只要得到陽光、空氣和水，再貧瘠的土地也可以讓他們開花，開自己的花。

教育是陽光，是空氣，是水，是種子可以開花的關鍵因素，也許老師並沒有辦法改變土地貧瘠的現狀，卻可以提供公平的對待，讓每一顆種子的多元智慧都可以綻放美麗。

就像爽中餐廳前一根根柱子上所貼著琳瑯滿目的海報一樣：攜手計畫全國優等、總體課程計畫實施評鑑優等、友善校園評鑑特優、音樂比賽甲等、琵琶獨奏優等、英文朗讀個人優等、美術比賽個人優等、升學表現榜單、技藝競賽陶藝拉坯冠軍、青年志工全國優秀團隊等等。

每一顆種子在這裡都得到園丁用心的對待，每一顆種子在這裡都得到公平的機會，所以會開花，開出形形色色的花，在偏遠的山城裡迎風招展風華。

而我，每每經過這些盛開著多元智慧的花朵的園子，不是撫摸著海報為自己的付出投入終於看到成果而欣慰，而是感謝，感謝孩子們讓我這一路的旅程充滿感動與驕傲。

就像二〇一〇年十一月全國音樂比賽南投縣初賽結束後的那個傍晚，人都散了，學生都離開了，我走在天色即將昏暗的校園裡，雙手放進後口袋，深深吐了一口氣，很寧靜，但我耳邊依稀聽見孩子們的演奏，迴盪在這山裡的每個角落。從咿咿呀呀不成曲調到悠揚流暢，從殺雞鋸木到抑揚頓挫，這一路，三個多月，我與孩子們再一次一起走過，一年級的新團員有將近一半完全沒有彈奏樂器的基礎，卻要在短短的九十天內上臺，從發出聲音、指法、節奏甚至到背譜，四百小節耶，我的天！

二〇一〇年三月，因為失誤而輸掉了全國決賽，回程的路上，包括我，都掉下了不甘心的淚水。為了能在新學年度的初賽捲土重來，升上二年級的學長姐從九月開始密集利用各種課餘時間，包括星期六的下午，指導學弟妹跟上曲子的要求。這是過去沒有的嘗試，是我和二年級幾個核心的樂團幹部討論出來的策略，學長姐們認為光是每週一次兩節的團練是不夠的，因為今年，那個為了避免影響升學而許久未出現的某所明星國中決定再次參賽了，原因是這項比賽成績可以作為免試或甄選的入學加分參考，所以他們將派出國三的學生參賽。知道這個消息的時候，二年級的同學一開始顯得畏懼，但在幾次溝通之後，我們決定勇敢挑戰，不是挑戰別人，而是挑戰自己，希望把成績衝上優等（平均八十五分）的水準。在討論之後，我們擬出了這樣的策略：由學長姐指導學弟妹個人動作或者各分部主旋律，讓外聘而來的團長可以專心利用有限的時間訓練大合奏。所以，二年級的孩子們除了要自己搞定自己的樂器，還要負責教會一年級的學弟妹，更別提愈來愈加重的課業學習壓力。每一次看著他們耐心指導學弟妹，我心裡總是滿滿的感動；每個週六下午，看著他們打起精神，一遍又一遍地打著拍子帶著學弟妹練習，我心裡總是滿滿的驕傲。

寬玗，辛苦了，彈撥有妳真令人放心；佩甄、佑容、莞瑤，辛苦了，拉絃有妳們才有這麼大的進步；佩宣，辛苦了，打擊讓妳傷神了。

雖然最後比賽的結果，我們還是理所當然地輸了全國參賽權，但是，我們的分數卻創下爽中國樂團參賽有史以來的最高分，比上一次足足進步了一・八分——要知道，音樂比賽要能進步〇・一分都是不容易的，更何況是一・八分。

整個參賽過程讓我更深刻地體會到，在這樣資源不足、文化不利的地區，「學習」

是一件多麼不公平、不容易的事，都市的孩子擁有資源、擁有環境，加上家庭支持力量做後盾，參加這樣的音樂比賽，真是輕而易舉的事。開玩笑地說，我們遇上的對手簡直是職業級的，輕易地就把我們這些業餘組甩得老遠，從明星國小再到明星國中，即便兩三年沒參賽，一出手就是優等的高水準，讓我們的孩子們嚇得瞠目結舌。不過，就因為這樣的不平等，更讓我堅定地相信，教育的本質在於過程，特別是在這樣弱勢的偏鄉學校，怎麼樣讓孩子感受到成長的喜悅，使孩子明白讓自己茁壯有多重要，**成長不是為了與誰爭個高下，茁壯也不是為了要和誰比拚，而是為了讓自己具備積極的態度、挫折的忍耐度以及不輕易放棄的鬥志。**

音樂是美好的，教育也是，所以音樂教育應該是最最美好的事情之一，我希望讓我的孩子在這樣辛苦的過程中，都能深深體會挑戰自己、超越自己的樂趣，都能深深明白充實自己、成就自己的重要。偏鄉弱勢或許是種原罪，消極地等待援助更是一種自我禁錮，在這樣的地方教書真的需要傻勁的支撐啊！要讓孩子們勇敢做夢，要讓孩子們快樂築夢，做他們自己的夢，而不是老師的夢，有壓力但是快樂的構築，而不是給誰一個交代的構築。

不提這些嚴肅的話題了，孩子們，我想對你們說：「謝謝你們，我的孩子們！」我們的確是帶著一顆愉悅的心，踏上挑戰自己的旅程，記得我們說過的：「可以因為不夠好而被擊敗，但不需安慰我們說：『小學校嘛，這樣就可以了。』」既然要踏上舞臺，就讓我們公平地一搏，世界原本就是如此，我們會勇敢接受試煉。

不需流淚自責，佩甄，如果沒有妳和莞瑤、佑容，拉絃組的一年級小毛頭，不會有上臺的可能，是妳讓他們可以擁有踏上舞臺的能力，明年的獨奏加油，要勇敢，要有信心，加油！曾團長，後來我才發現，您所指導的另一個學校，成績比我們好，可是，您從不在我們面前讚美他們，相反的，您總是說我們很棒很棒，總是說我們的孩子多乖多乖，態度多好多好，謝謝您，這真是一個教育者的風範；謝謝您，不嫌棄我們的資質不好、設備簡陋；謝謝您，帶領著我們直到最後。寬玗，我還得特別謝謝妳，因為妳不但為了獨奏付出極大的心力準備，更為了這個樂團的成長，提供了出乎我意料之外的協助，其他的團員看到的只是一小部分，但我最清楚，妳做了太多太多大家想像不到的付出，謝謝妳，寬玗，妳讓我驚喜的地方，遠遠超過我的預期。

我還記得那天正式上臺前的某個小插曲，寬玗說：「我們去和他們（在旁邊練習的某個團）《ㄚ一下！」所以你們就大喇喇地把陣仗擺在他們旁邊，然後就嘻嘻笑地開始賽前準備了。嗯，我喜歡這樣的感覺，就是要這樣啊，要大方而自信地展現音樂的美好，要勇敢而愉快地傳達學習的樂趣，這樣的笑容，我喜歡。

我一直都相信，比賽的落幕不是代表著一個結束，而僅僅是過程。孩子們在過程中帶給我的滿足與感動，就像我的相機、手機裡，滿滿這些日子以來所錄下來他們的練習曲，始終在車裡反覆播放，陪伴著我上班下班。我會繼續聽著，就像此刻迴盪在校園裡的樂曲一樣，陪伴著我面對更多的挑戰！

基本能力的堅持依舊會是艱鉅的挑戰，學習動機的增強仍然會是不變的奮鬥，成功機會的創造是這樣，整體氛圍的塑造也是這樣。

挑戰不會停止，因為希望工程還在繼續構築，但我確信，感謝也不會停止，因為一路上盛開的花朵會繼續帶給我未來任重道遠的旅程，更多的感動，更多的驕傲！

第七章　未竟之渡

等待超人

二〇一一年三月，我在飛往新加坡的飛機上，看著窗外漆黑一片的汪洋大海，突然有些時空錯亂了起來——那是二〇〇〇年一月，飛機即將載我從金門回到臺灣，享受因為服役表現優良而獲得的八天大功假。

我清楚記得那時的心情，混亂而猶豫，完全沒有因為意外獲得的假期而興奮雀躍，取而代之的是即將面臨重大抉擇的舉棋不定。我知道爽文的孩子們等著我回去，並且希望我能夠留下來。像九二一地震撼動著臺灣，搖晃著中寮一樣，那一句心酸的：「老師，你會不會回來？」也如此劇烈震動搖晃著我原本堅決不再回去的心意。我的確是看到了這些偏鄉弱勢孩子的卑微需求，也明白他們需要的不過是公平的對待，但為什麼是我？

而此刻，我在受邀前往海外分享爽中經驗的演講旅程中，一樣的捫心自問：**為什麼是我？**

謝校長為什麼會對我這樣一個初出茅廬的菜鳥老師傳達他的信念與價值？夥伴們為什麼會願意讓一個急躁而缺乏經驗的王組長嘗試又嘗試？愛將們為什麼會願意任我使

喚、供我差遣，從失敗挫折當中慢慢發現可行的方法與策略？外聘老師們為什麼會願意受我之託，不計較微薄鐘點費而入山提供專業教學？廖爺爺、廖奶奶為什麼會願意拖著年邁的身軀，奔波折衝地尋找資源讓我運用？青年軍們為什麼會願意讓我帶領成為青年軍？

或者，那兩個女孩為什麼會抱著我哭著問：「老師，你會不會回來？」

為什麼是我？

在我成長階段的流離失所也常讓我喃喃自語：「為什麼是我？」但是，國小時的劉志誠老師、國中時的湯振發老師、高中時的陳淑香老師，他們沒有問為什麼會是我，就給了我公平的對待，甚至是不公平的優待。就像羅爾斯(Rawls)在一九七一年的著作《正義論》裡提到的那句話「不公平的對待不公平的」，他們或許並沒有機會看到那樣的一句話，卻真正而理所當然地實踐了「積極差別待遇」的教育正義。他們的陪伴、他們的理解，甚至他們的示範，都讓我有了翻身的能量及機會，從貧窮裡翻身，從困頓裡向上！

而我，為什麼要問：為什麼是我？

飛機載著我終於結束了四天的新馬地區演講之旅，回到了臺灣。在研究所的課堂上，曾榮華老師要我分享演講心得，然後宣布：「下禮拜，我們來欣賞一部關於教育的紀錄片。」

當影片開始播放不到十分鐘，我的眼眶已經泛紅，看著影片中為了要爭取更好的教育機會，美國紐約某個地區的小學生及家長得跨學區參加排隊等待抽籤，我不禁心有戚戚，因為公立國中小的教育效能低落，教師無心於教學，使得這些多數來自於弱勢貧困家庭的小孩，為了爭取更好的學習機會及環境，要不，得忍受高額的教育費用，申請私立學校的入學機會，要不，便得忍受不便的交通或者離家住宿，參加某些正在進行課程改革或教師精進而效能提升的公立中小學。

是不是很像臺灣偏鄉弱勢學區的現狀？

那是美國的二〇〇九年，但卻是臺灣的一九九〇、二〇〇〇，或者是二〇一一年。

其中一個帶領著公立學校聯盟進行改革的黑人校長，用童年的一段記憶，描述了他之所以會投身公立國中小教育改革的心情。他說童年的他，覺得超人是全世界最偉大的英雄，可以幫他解決生活中所有他的能力解決不了的事情；但是，某一天早晨，他的母親對他說這個世界沒有超人！剎那間，彷彿晴天霹靂，他覺得他的生活失去了依靠。

影片的最後是學校進行公開抽籤的畫面，或者是電腦亂碼，或者是摸出彩球，當我看著那些孩子與父母緊緊相擁等待抽籤結果時，淚水終於忍不住滑落！

為什麼要依靠這樣的抽籤或然率去決定孩子的命運？抽中的幸運者，孩子與父母振臂歡呼，彷彿一輩子從此得救；落空的失望者，孩子與父母相擁而泣，彷彿此生陷入無邊地獄，不得翻身。

我的淚水不曾停歇，我想起我爽文的孩子過去那些不幸運。

公立學校不該是所有沒得選擇出身的孩子們一個翻身的機會所在嗎？特別是偏鄉弱勢的學區；公立中小學所提供的義務教育，不該是這些經濟貧困家庭失能的孩子們一個改變現狀的開端嗎？翻身，或者改變現狀，不該是每一個國家未來的主人翁應該擁有的公平受教權嗎？

我拭去眼淚，回頭看向曾老師說：「我好想把我在爽中的十五年寫下來！我好想讓大家知道，我們在偏鄉的這一個弱勢公立國中做了些什麼？改變了什麼？好想讓大家都知道，其實是可能的，是有機會的。」

曾老師笑笑地說：「不然，我為什麼要你看這部影片？」

這部紀錄片的名字叫《等待超人》！

對於偏鄉弱勢的孩子而言，學校裡的那個老師應該可以幫他解決他現階段能力不及的事情，那不是穿衣吃飯，或者日托夜輔的課後照料而已，而是一個希望的勾勒，一個機會的創造，一個翻身的開端，一個改變的可能。

所以，我不需要問：為什麼是我？

就像我的老師沒有問為什麼是我，就給了我公平的或者不公平的對待，我又為什麼要問？

超人不會問自己：為什麼是我？

因為他知道自己是超人，他的使命及天職就是要解決人們的困難，讓人們在最無助、最挫敗的時候，永遠有一個希望存在。

我的老師們陪伴、啟發、成就了我，並且讓我現在終於明白：為什麼是我？

因為我是超人。

是我選擇成為一個老師，是我選擇留下來，留在爽文！

所以我必須是超人。

我沒有無敵的披風，沒有神奇的光束，我只有一個法寶，那叫做「教育」。

而且，我不會讓學生等待，我會讓學生都知道——**我一直都在！**

也可以是司機

當一個超人或許有些難，不如，就從當個司機開始。

如果你是個司機，任務是載著乘客到達目的地，你加足馬力一路往前，循著再熟悉不過的路徑，操著再熟練不過的方向盤，用最快的速度、最短的時間、最省力的姿勢、最不麻煩的對話，一路靜默而不回頭地到達目的地。

然後發現，乘客早就不在車上！

或者，乘客根本沒上車！

更或者，你才不管乘客有沒有上車！

反正，你只是要到達目的地！

而事實上，我們的確都是司機。

每一個老師都是要載著叫做「學生」的乘客到達學習目的地的司機。

能不能，不要只是朝著目的地前去，而不管乘客是否上了車或者跳了車？

能不能，不要只是用力鎖上門，而不管乘客是否想盡辦法要逃脫或者一路昏睡甚至裝睡？

能不能，不要只是熟練地操著方向盤，循著不變的路線，不管乘客可能不是同樣一批人？

能不能，不要只是沉默地猛踩油門，嫌麻煩地不理乘客偶爾好奇的發問？

能不能？

可不可以，愉悅地歡迎乘客上車，然後簡介接下來的行程？

可不可以，打開音樂，播放影片，或者說個關於旅程的俏皮話？

可不可以，讓座椅盡量舒服，讓味道盡量芬芳，讓氣氛盡量溫馨？

可不可以，回應某些乘客的需求，偶爾變換路線，偶爾加快或放慢速度？

可不可以，提供輕鬆的對話、親切的微笑、適時的問候，或者，真誠的建議？

可不可以？讓乘客想念你的車，讓乘客記得你的人，讓乘客到了目的地後，會說聲：

「謝謝您，老師！」

民營公司的司機當然會這麼做，但是公家司機會不會？

民營公司的路線多半遍布在會賺錢的城市，而窮鄉僻壤是不是只有政府願意，或者應該，或者必須不計成本地堅持經營？

這是政府責無旁貸的義務，卻也是窮鄉僻壤的乘客希望之所託的權利。

沒有這樣的義務，來自深山、濱海、離島的乘客如何有能力走得出來？失去了這樣的權利，來自部落偏鄉的乘客如何有方法可以走得出來？

有能力走出偏鄉，有方法走出部落，有能力和方法走出來尋找機會？

公家司機們，也就是公立中小學的老師們，我們承擔的是義務，背負的是權利——超人

如果太遙遠，那就當個好司機！

把我們的乘客，也就是學生們，好好的，不敷衍的，載往他們應該要、必須要到的目的地。

想想辦法，堅持應該堅持的，創造應該創造的，增強應該增強的，塑造應該塑造的，

包括基本能力，包括成功機會，包括學習動機，包括校園氛圍。

我一直盡力在成為超人之前，至少要做個好司機。

我知道，我這個司機當得還不錯。

我的速度願意因為乘客的需求而調整，我的路線願意因為乘客的不同而變換；我願意講解沿途的風光明媚，我也願意傾聽一路的發問好奇；我始終在乎車廂內的氣味和溫度，我一直營造乘坐時的氛圍和環境；偶爾，我接受更熟悉車況的人換手駕駛，當然，我也接受更妥當有效的大小建議。

我偶爾發揮創意，但始終盡責地把乘客們都帶往他們應該要、必須要到的目的地。

看著他們都到了目的地之後，繼續而有能力海闊天空、繼續而有能力往每一個他們想去的下一站而去。

我是個公家司機，但我知道，我也清楚，**這不過是我該做的事！**

老師，你還在？

該做的事也包括這樣的一場音樂會嗎？

二〇一一年七月三日，爽中國樂團的開場溫暖樂曲聲中，北中寮四校策略聯盟的四個夥伴學校齊聚一堂，在東海大學舉辦了一場「愛與勇氣——為日本加油！」音樂會，我們希望傳達一種從廢墟中站起來的生命力，為其實並不相識的國外地震災民祈福。孩子們穿著隆重而典雅的中式團服，在神聖而莊嚴的路思義教堂壇前演奏著特別準備的曲子，聖壇上方的鏤空十字架透進了午後明亮的光束，拂照在這一群彷如天使的孩子身上。音符流轉著，會場裡坐滿了來自北中寮的鄉親父老，以及為我們奔走將近一個月，促成這項演出的各方友人。這個建築是東海大學的地標，向來不外借，但因為廖爺爺的牽線，東海大學EMBA為我們準備了這樣一個生命中難得一窺經典的場地。曲子與曲子之間，我向臺下所有被音樂感動的聽眾傳達我們為什麼要來。

為什麼要來？這是一件該做的事嗎？

這麼多年來，我也不只一次問自己，為什麼要在這裡，在爽文，在北中寮做這樣的事？這是一件該做的事嗎？

但此刻，我已經逐漸明白為什麼要做，為什麼該做！

長條木椅的兩側走廊站著的是爽中青年軍，有超過四十位穿著棒球營 T-shirt 的青年志工在今天一同前來，協助著他們的學弟妹——將近一百五十位北中寮的國中小孩子，他們搬運樂器、負責接待、布置會場、引導交通，並且要在待會的節目中上臺，帶著大家一起演唱〈把愛傳出去〉。

表演什麼或者演唱什麼或許不是太重要的事了，在鄉親父老以及外界友人面前，他們年輕的臉龐上，滿是驕傲，驕傲的原因不是因為即將上臺，而是因為臺上的學弟妹，而是因為臺前貼滿著自己設計的、專業水準之上的音樂會海報，或者是臺後某位青年軍接受媒體訪問時說的：「為了這一切而奔忙籌劃了一個月的王主任。」

樂曲的最後一首正流暢而動人地飄灑在肅穆教堂裡的每一個角落，家長們的喜悅也滿布在臉上，化做眼角眉梢的笑，盈盈地投射在專注於指揮、認真於吹拉彈打的孩子們身上。那些笑容裡在我看來滿懷著欣慰和期許，他們或許不懂這些複雜的節拍和音準，他們只知道，他們的孩子們好了不起！

是真的好了不起！因為他們的孩子願意為了幫別人加油打氣而額外付出時間練習，

願意在學音樂、學畫畫、學陶藝之外，不忘記把該寫的功課完成，把該背的單字背好，願意有紀律、有秩序地隨著老師或者學長姐的眼神、手勢，安靜而配合上臺、就坐。

樂曲終於要進入最高潮的快板段落，這樣的演奏速度卻又能如此和諧，是過去未曾在爽中的樂團裡聽過的，但出發前的最後兩次練習，我竟然看見孩子的眼神可以如此躍躍欲試，甚至一次又一次在樂音戛然而止的同時，發出滿足而愉悅的笑聲，呼應著指揮上揚的嘴角。

我站在司儀檯後，眼光所及，也盡是上揚的嘴角和滿足的眼神，受邀而來的貴賓或是到場關懷的長期夥伴，甚至是第一次見到的臉孔，都不自主地隨著節奏而輕輕點著頭。我想，他們心裡一定在咀嚼著我剛剛說的話：「為這些孩子的表現鼓勵吧，這是來自貧瘠野地裡開出的不可思議之花！」

是的，這裡已經是一片花海了，各色各樣的花朵各自向陽臨風，雖然來自無法選擇的瘦弱土地，但種子裡與生俱來的潛能卻可以因為公平且應該的對待而扎根抽芽，雖然枝幹還嫌單薄，但因為被用心且多元地栽培，而飽含綻放的能量。

樂曲就要結束，我幾乎要掉下淚來，或許是因為這樣美妙的音樂，但更多的是因為我與我的孩子們，又一次一起經歷了這樣的旅程，又一次一起完成了我們共同的夢想。

是的，共同的夢想。

這兩三年，在青年軍因為敢夢而圓夢之後，我漸漸習慣與我的孩子們討論夢想：還可以做些什麼？應該做些什麼？或者想要做些什麼？所以有了樂團的學長姐帶領學弟妹，所以有了週末的英文會話戲劇班，所以有了寒暑假的爽中新生藝文營……這些夢想經過討論而凝聚，經過設計而成真。而未來，爽中畢業校友的國樂團，國三的彈性選課，甚至教師的專業發展團隊及學習社群、青年軍帶領的家長讀書會等，這些夢想也絕對不會只是遙不可及的癡人說夢。

一個人的夢想如果經過個人努力實踐而成真，那的確是一件快樂的事，但若是與自己的孩子們一起圓我們共同的夢想，我想，那必定是一件快樂一百倍的事！

這樣一百倍的快樂，我正在享受著，所以不必再問為什麼而來，或者該不該去做。

戛然而止的樂音之後，在如雷的掌聲中，我又一次看見了孩子們滿足而愉悅的神情。

而我的滿足與愉悅一直持續到音樂會結束，一直到人潮終於散去，一直到迎著晚風輕拂髮際，一直到夕陽斜照陪伴著長長的師生隊伍踏上歸途。

上車前，一對姐妹突然從背後拍了我的肩，有些印象模糊但彷彿見過的臉龐露出驚喜的表情。

「老師，您是王老師？」

「是啊，妳們是？」

「您忘了喔？」

「喔，好像是張什麼什麼的，對吧？妳是姐姐嘛，我記得啦！」

「對啊，你們來演出喔？」

「對啊，妳們呢？」

「我們搬來臺中了，我畢業了正在工作，妹妹還在念大學，就念東海。」

「喔，怎麼會知道來看我們演出？」

「就偶然經過。看到海報，一開始還不相信，想說進去看看。」

「那看了之後呢？」

「好棒啊，學弟妹們真是太棒，太不可思議了！老師，您好棒啊！」

「呵呵，怎麼找到我的？」

「就碰碰運氣啊！沒想到，老師您還在！」

「對啊！」我摘下墨鏡，微微地笑著再說一次：

「我還在，一直都在，不曾離開！」

特別收錄　教學翻轉

POWER 法則

二〇一四年，十五年過去了，老師都在，沒有離開。

十五年過去了，爽文國中這個學校已經完全不一樣，究竟哪裡不一樣？到底我們做了什麼事讓這個學校、讓孩子們不一樣？接下來，就讓我來介紹翻轉偏鄉教育的POWER 法則。

P：P for Persistence 堅持

你知道一乘一乘一乘……一萬次，仍只是「一」，但如果多了〇．一，乘七次就會大於二，即便只是多了〇．〇一，乘七十次也會大於二。如果只是習慣舊有的教學模式，那叫做「一」，不斷重複舊有的教學模式一直到老到退休，那個「一」終究只會是「一」，我們所帶領的孩子也只會是「一」，可是我們的孩子要面對一個不只是「一」的未來。如果我們只是習慣重複沒有改變，我們如何期盼孩子能夠迎向那不會只是「一」的未來，而那個未來，你知道、我知道，是我們要一起走向的未來。

如果，我們願意在教學上多〇．一的改變，即便只是多〇．〇一的改變，然後堅持下去，一就會變成二、二就會變成四。只要改變開始發生，改變就會不斷發生，這就來自於那〇・〇一的堅持。

堅持什麼？堅持孩子才是學習的主角、堅持讓學習翻轉回到原來的本質，在此為大家介紹我的教學法——MAPS 翻轉教學法：

M：Mind mapping（心智繪圖），透過圖像讓孩子解構統整所閱讀的文本，並連結創意書寫。

A：Asking（提問），深度備課才能提出好的問題，一個好的問題能夠協助學生澄清學習方向、釐清探索脈絡。

P：Presentation（發表），多元方式的口說發表讓孩子能夠驗證自學的程度，並且激發多元智慧。

S：Scaffolding instruction（鷹架），透過小組合作讓學生搭建同儕鷹架，過程中逐步去鷹架引導自學，使其最終能夠樂於分享自學的成果。

在 MAPS 翻轉教學法中，孩子才是真正學習的主人，我們發現孩子的閱讀理解能力大幅提升，看到孩子的書寫能力有了翻轉。

O：O for Originality 創意

偏鄉教育最大的問題之一就是教育資源不足，包括師資人力不足、教學環境設備不足。許多在偏鄉教學現場的老師面臨這些影響學生學習成效的問題，一開始通常只能克難地應付，但這並不能真正解決問題。我們必須思考問題的本質，然後發展出創意的教學策略，才能夠真正解決問題。

爽文國中的孩子在學習英語時，透過跨國遠距視訊的英語教學模式實施了一年，再進一步與加拿大的某所醫學學校進行合作，結合他們的人文關懷計畫，邀請三位外籍大學生以志工的方式來到爽文國中駐校一學期。我們規劃了英語社團，以及課間的English Corner。

遠距視訊模式加上駐校外師模式，讓孩子能夠真正接近英語環境，提升聽與說的能力。我們不僅嘗試解決孩子們的問題，也讓孩子打開了視野，看見世界的模樣。

這就是我們認為真正的創意：想的不一樣，做的不一樣，並且能夠嘗試解決問題。

W：W for Worth 價值

一個人如果不能清楚認知自己所做事情的價值，就不會有動機開始，更不可能繼續。為了讓爽文國中的孩子對於學習產生動機，並且清楚認知學習的價值，我們從十年前開始設計了學習護照，透過不斷地對話、調整、修正，讓這本護照能夠記錄孩子在學校的所有學習歷程，包括學科學習以及生活學習。學習歷程紀錄會轉化成點數，為此我們向全臺灣的民眾募集二手商品，包括了家庭生活用品以及文具用品，讓孩子可以透過點數兌換這些學習與生活所需。

為了讓孩子能夠從外在的行為改變進展到內化認知，我們將學區內國小的小朋友一起拉進這套系統。小一到小五的孩子正處於具體運思期，說大道理聽不太懂，所以我們透過點數連結物質增強來改變行為。小五、小六進入到形式運思期，說道理可以懂了，也就是社會性增強可以進入了，因為有過去多年物質增強做基礎，行為改變連結到內化認知會更有說服力。

我們希望孩子明白最重要的不是點數，而是在獲得點數之前的這一段，也就是學會了、知道了、明白了、懂了。最珍貴的不是換到了什麼，而是擁有換的能力。

有位小男孩當年在學校的時候，用了點數幫媽媽換得一個鍋子，媽媽超級開心。二〇〇九年他從國中畢業，以**PR90**考上了臺中高工。在臺中高工的三年沒有點數、護照，更沒有鍋子，但他已經明白怎麼讓媽媽更開心。每一個父母最希望的就是看到子女實現自己的夢想，這位小男孩在二〇一二年從高工畢業，他以中區榜首的身分考上了臺大土木工程學系，實現了他想成為一個土木工程師的夢想，這就是我們希望看到的從外在行為改變到內化認知的過程——離開了點數之後，能夠繼續做他應該做的事情，並且明白最棒的獎賞是自我實現。

這位小男孩不是個案，爽文國中有許多許多的孩子在點數累積的過程中，明白了學習的真正價值。

十五年前，爽文國中的孩子擁有選擇升學國立高中職的比例是二五％，十五年後的今天來到了將近九〇％。

十五年前，PR25 以下的孩子是五一％，十五年後的今天下降到二五％左右。

我們確實看到孩子因為學習護照的紀錄歷程激發了動機，並且明白：學習最大的價值，在於透過累積的過程，擁有實現自我的能力。

E：E for Enthusiasm 熱情

我們都知道不是每一個孩子天生都會國文、英語、自然、數學、社會，每一個孩子擁有的多元智慧不會只有這五科，但爽文國中這個全校只有六班的偏鄉小校，四十五年來只有這五種老師。不是我們願意這樣，而是臺灣的教育編制只能讓我們這樣；不是只有爽文國中這樣，而是全臺灣只有六班的學校都是這樣；不是只有十五年前是這樣，十五年後的今天還是這樣。一個臺灣兩個世界，真實存在著。

我清楚知道孩子缺少的不是能力，他們都擁有自己的優勢智能，他們需要的只是更多元、更公平，以及可以被看見的舞臺。

十年前為了讓我們的孩子有機會探索自己的優勢智能、發現成功的舞臺，我們自籌經費外聘了藝術家到學校授課，讓孩子有機會接觸陶藝、美術、國樂等藝術課程

二〇〇三年，我們甚至大膽成立了國樂團，十年來他們從殺雞殺鴨鋸木頭開始，一屆又一屆的孩子不斷努力想要證明自己也能學得會、辦得到。二〇一一年，爽文國中的孩子終於證明自己也能登上成功的舞臺，他們獲得了爽文國中有史以來第一次全國學生音樂比賽優等的成績。二〇一二、二〇一三年學弟學妹們證明了另外一件事：只要孩子習慣了優秀，就會繼續優秀下去。今年，二〇一四年六月，我們在南投文化中心舉辦了爽文國中國樂團十年來第一次對外公開成果發表，他們要上更大的舞臺，證明自己辦得到。

只要我們能夠創造更多舞臺，讓孩子們有公平的機會探索自己的成功，不用老師家

長推拖拉，他們就會想盡辦法證明自己辦得到。

不用超越誰誰誰，而是證明自己超越自己，這才是真正的學習熱情。

R：R for Responsibility 責任

成就自己是快樂的，但成就別人快樂一百倍。

二〇〇八年，我召集了爽文國中的畢業校友成立了爽中青年軍，從二〇〇九年開始每一年暑假，爽中青年軍會在學校辦理棒球生活營，對象是學區國小的小朋友，透過四天三夜的課程除了讓孩子們學習到棒球，更重要的是學習生活。青年軍會設計各種課程，比如音樂、戲劇、競賽等，然後將各種正向價值，比如勇敢、禮貌、孝順等融入課程中。不管是棒球還是生活，青年軍的存在本身就是一個最高的楷模作用。

二〇一〇年開始，青年軍更全面接手負責爽文國中的寒暑假課輔營，什麼課輔營？爽文國中的在學生如果在學期中沒有完成該完成的學習任務，就會被登記在學習護照裡，到了寒暑假，這些孩子必須回到學校把該完成的學習任務完成才能放假。青年軍在寒暑假的每一天都會有八到十個人來到學校輪值，以一對一、一對二帶領這些學弟妹們完成他們該完成的學習任務，青年軍傳達給學弟妹們的，就是「成就他人」。

成就自己是填平自己不足的過程，是一個從 minus 到 zero 的過程；而成就他人，解決別人的問題，是提高自己的過程，是一個從 zero 到 plus 的過程。成就自己是快樂的，但成就別人快樂一百倍，我們希望讓孩子明白受教育的義意除了在成就自己，更重要的是能夠成就他人。

而我，一個在偏鄉待了十五年而沒有離開的老師，不也是在告訴孩子：我也在成就他人。

這就是我的 POWER 法則，POWER 還在持續，或許可以慢，但不能停；或許會有波折，但必須繼續。期盼有更多的人加入關心臺灣偏鄉教育的行列，讓每一個孩子都可以因為擁有公平的學習機會而去翻轉自己的未來。

孩子想去的地方，就是第一志願

十二年國教第一階段免試入學在二〇一四年六月二十三日已經大致塵埃落定，終於有記者朋友問了我放在心裡很久的問題：

「偏鄉學校幾乎在傳統的明星高中職全軍覆沒，發生什麼事？」

好吧，那我就好好地說一說！

我們的榜單非常亮眼：

首先，二四％的孩子上了PR80以上的學校（以過去的基測落點來看），包括四個孩子上高中、三個上高職、一個上五專，一個拿了四科A的孩子上了臺中家商的國際貿易科，興奮地拉著我的手大叫；其次，超過九〇％的孩子上了他們所選填的第一志願，一個會考五科B的孩子在技藝體系和學術體系分別上了三所國立學校，他選擇到國立海洋科技大學五專部的輪機系報到，全家雀躍不已；最後，所有技藝學程的孩子都上了高職，一半國立一半私立，而上私立的孩子因為會考成績還不錯（有二至四科B），大部分獲得了服裝費或學雜費的減免。

從這樣的榜單，你看見了什麼？

孩子想去的地方就叫做第一志願，不是父母要的、不是分數排序要的、更不會是學校榜單要的，而是孩子想要的，那才叫做第一志願。

讓孩子摸索並且知道自己想要去的，叫做適性；讓孩子有能力去到他想去的，叫做揚才。

或許各招生區的選填制度有漏洞可鑽，或許超額比序的項目比重有瑕疵可議，但真正的問題不在制度、不在比序，真正的問題在於：部分都市父母不願不甘「適性」，部分偏鄉老師無意無心「揚才」。

先說都市家長。

什麼時代了還在恨鐵不成鋼？是鐵，就支持陪伴協助孩子當「好鐵」，為什麼要讓鐵百鍊成鋼。孩子是活得有知覺的，如果他知道自己是鐵，而你要他成鋼，百鍊只會換來一次又一次的挫折和自我否定；如果他不知道自己是鐵，那傻傻的百鍊過程會讓他知道自己不是鋼，當然就會封閉、拒絕、排斥抗爭。如果你願意支持他當好鐵，百鍊千鍊他都願意。

人才放到哪裡都是人才，不會因為放在一中才是人才，放在二中、三中、社區高中都會是人才。是家長不願意「適」孩子的「性」，不是孩子不願意百鍊成好鐵；是家長不甘心「適」孩子的「性」，不是孩子不願意到不是明星的高中當明星。

五科A到一中、到二中、到中興、到南投都會發光，讓孩子發光的不是明星學校，讓孩子發光的是天賦、是適性，都市的家長，你「適」了孩子的「性」嗎？

再說偏鄉老師。

當基測的推甄薦送沒有了，保障名額消失了，會考成績就真實反映了免試入學的榜單。考試當然是需要的，檢驗學生三年所學，驗證老師三年所教，也沒有什麼不對，會考ABC的級距可以討論，但如果B的範圍那麼大，而學生還是一片五科C，即沒有一科達到國中畢業生的水準。南投縣每個偏鄉學校校內五科C的比例保守估計在五〇%以上，此時教師要不要回過來看看自己的教學到底出了什麼問題？

都說國文要強調閱讀理解，你還在照本宣科念課文；都說英文聽力需要環境需要刺激了，你還在有一句沒一句地放CD；都說學生的學習動機低落了，你還在上課來人下課走人；都說學生才是學習的主角了，你還在死守舞臺上演獨腳戲；都說學生看見舞臺就會激發熱情了，你還在雙手一攤兩眼一閉自習放牛吃草，說：「啊！學校就只有這些老師……」

如果盡了力，老師、學生都盡力，讓想去做麵包的有機會去做麵包，然後因為基本能力加持，會算數、會看刻度、會換算比例，會閱讀、會看書、會考上證照，會創作設計、會食品營養、會出國參賽，會開店、會經營、會管理，從徒弟變師傅變達人，那幹嘛在乎明星不明星？

如果沒有基本能力，只能永遠土法煉鋼，這叫做事倍功半，哪一個老闆願意員工事倍功半？哪一個員工事倍功半最後會當老闆？

偏鄉的夥伴，你「揚」了孩子的「才」嗎？

無意間，我檢視了爽文國中的教師團隊，十五個老師當中，只有二個循著明星高中—師範大學—教師的路來到這裡，其餘都是普通高中—一般大學（公私立都有），透過教育學程、教師甄選來到這裡。他們不是走制式管道或分數規定的路，但都走到了這裡，他們看見了自己的天賦與興趣，並且在這裡專業而認真地投入。他們適性，而且揚才；適了自己的性，揚了自己的才。

或許因為自己走過這樣的一段旅程，所以願意努力創造一個這樣的環境，讓孩子可以適性，可以揚才。

很驕傲我有這樣努力投入的團隊夥伴，很感動有這麼多願意信任的家長，很感恩有這麼多願意相挺支持的企業友人及私人好友，還包括愈來愈多願意加入我們行列的大學生們，謝謝你們！

一起加油！

適孩子的性，揚孩子的才

關於適性，我的想法是這樣：

一、當孩子想去，也有能力去的時候

欣賞他的亮點，並鼓勵他培養挫折容忍度及同理關懷心。人外有人，能接受自己不是那麼的完美，真正的熱情不是超越誰誰誰，而是一次又一次地證明自己，並能夠同理周遭較為不足的人。成就自己是快樂的，成就他人是一百倍的快樂。因為成就自己是填平自己的不足，是一個 minus 到 zero 的過程，而成就他人則是墊高自己的視野，是一個從 zero 到 plus 的過程，解決了他人的問題，增加的是自己的能力。

二、當孩子想去，卻沒有能力去的時候

陪伴他做最大的努力及嘗試，並且在陪伴的過程中引導他認清真正的性向。考不上一中美術班沒有關係，社區高中美術班也可以；考不上臺中高工汽車修護科沒關係，草屯商工汽車修護科也可以。重點

	孩子想去	孩子不想去
孩子有能力去	欣賞、鼓勵	尊重、支持
孩子沒有能力去	陪伴、引導	陪伴、欣賞、引導

不是一中或高工，重點是美術及汽車修護，讓孩子發光發亮的不是明星高中職，讓孩子發光發亮的是天賦得以適性。

三、當孩子有能力去，卻不想去的時候

尊重他的選擇及興趣，支持他在喜歡的領域敬業、付出且投入。因為敬業就會專業，因為付出就會傑出，因為投入就會深入，不要強迫每個孩子都到學術領域成為愛因斯坦，而是尊重及支持孩子在不同領域成為那個領域的愛因斯坦。

四、當孩子沒有能力去，也不想去的時候

欣賞孩子在學科或技職兩條路以外的天賦，陪伴他繼續探索還未發掘的興趣。如國中還沒探索出來，就於高中職再探索；如在體制內還沒探索出來，就在體制外繼續探索。引導孩子在探索的路上明白一件事：學習可以慢，但不能算了。

關於揚才，我是這樣想的：

所有的孩子都必須是也應該是學習的主人，這四年近三百場學校演講下來，我的觀察是：

愈是偏鄉愈是弱勢的孩子愈需要老師引導，引導他們成為學習的主人，偏偏愈是偏鄉愈是弱勢的地區，教學活化得愈少，翻轉得更少。都市的孩子在家庭支持及文化刺激之下，學習的起點較早較高，加上都市地區師資及教學資源較為充裕，早早就開始進行或多或少、或大或小的教學活化及翻轉，但偏鄉地區仍大部分重複著以教學者為主體的課堂模式。

爽文國中在四年前開始，首先從國文領域嘗試活化及翻轉，接著在其他領域也或多或少、或大或小跟進，經過會考的成績顯示，我們的孩子在各分科拿到A的比例都達全國平均值，甚至在國文及英文的部分還超過全國平均值，英聽全對的比例達二四%，錯兩題以內達四四%。雖然每一科拿到C的個別比例也超過全國平均值，但五科都C的比例只有二七%。

我的分析結果如下：

一、我們的翻轉活化讓四分之一的孩子有能力拿到A。

二、拿到C的孩子根據答對題數顯示，大部分都接近B，而他們的國一入學測驗離B很遙遠。

三、原本外界預期英聽會出現的城鄉差距，在本校似乎狀況不嚴重。
四、五科都C的比例接近三分之一，但應該是全臺灣偏鄉最少的。

不得不說：我們努力翻轉活化了！

但還是有接近三分之一的孩子拿到五個C，我們能不繼續翻轉嗎？

還沒有翻轉活化的偏鄉學校，能不開始嗎？

最需要翻轉的是偏鄉，但偏偏翻轉最少的是偏鄉；最需要翻轉的是國中小，但偏偏翻轉最少的是國中小。

偏鄉國小最需要翻轉的是學習態度，翻轉了嗎？

偏鄉國中最需要翻轉的是學習方式，翻轉了嗎？

如果家長不甘不願「適」孩子的「性」，如果老師無心無力「揚」孩子的「才」，制度如何？志願序如何？作文比重如何？都不會是影響教育的最重要因素。

翻山越海的愛

如果愛可以翻山越海，那一天，二〇一三年七月六日早上，我真實地遇見了那樣的愛。

爽文國中的孩子在學習英語時，與所有的偏鄉弱勢孩子一樣，在聽和説的部分因為家庭支持度低、文化刺激少，以及同儕協助能力極弱的情況之下，而有非常明顯的城鄉差距，為了解決這個問題，我們嘗試了很多的方法來克服。

二〇一二年九月，因緣際會我認識了在美國聖羅倫斯大學任教的王瑩老師，王老師充滿熱情有執行力，經討論後，我們決定嘗試跨國遠距視訊英語教學的模式，讓爽文國中的學生透過 Skype 與美國大學生進行英語對話，這些對話的內容不但經過雙方指導老師討論，並且根據學生學習的課程進度來設計，同時融入西方的生活及文化。

這樣的遠距視訊模式，讓爽文的孩子能夠真正接近英語環境，提升聽、説的能力，我們不僅嘗試解決孩子的英語能力，也打開了他們的視野，讓他們看見世界的模樣。

第一次視訊的那天，二〇一二年九月二十五日，當聖羅倫斯大學的 Kylie 對著畫面這

邊爽文國中英文成績前三名的小男孩——小昱，熱情地Hi，問了一句再普通不過的

「What is your name?」

那當下，小昱呼吸轉為急促、心跳加快、臉色脹紅，對著鏡頭只能吐出：

「I......and You......and I......」

我只能在一旁急著對小昱說：

「啊你是在告白嗎？」

二〇一二年十月，王老師趁著回臺灣休假來到了爽文國中，一番對談後，我們激盪出了一個更不可思議的夢想：

「如果，讓這些美國大學生與爽文的孩子一起生活幾個禮拜呢？」

這是一個令人興奮卻瞬間冷卻的夢想，因為不說食宿的費用，光是讓聖羅倫斯的大學生來到臺灣的機票錢就要超過五十萬元，是一個昂貴的夢想。

二〇一三年一月，某次的視訊時間，我聽見學生在開玩笑：

「每次視訊，Ben 都搶第一而且霸占著鏡頭不放。」

「可是 Ben 的英文不是不好嗎？」我狐疑地問。

於是決定暗中觀察 Ben 在視訊時間的動態。

我悄悄地來到 Ben 這一組的所在教室，躲在後面偷聽，卻聽到了令我爆笑卻又感動不已的對話：

「Hi~ Julia, Do you have a boyfriend?」

這小子竟然在把妞！

太好了！

學習語言的目的不就是為了溝通，而溝通正是為了解決問題啊！

Ben 這小子目前遇到的問題是如何搭訕，為了克服這個問題，他努力地跨越了說英語的障礙。

光是每週一次的視訊就讓 Ben 蹦出了這句話，如果真實地生活在一起，他恐怕要克服更多更多的障礙，解決更多更多的問題，使用更多更多的英語吧！

好吧，我們來實現那個令人興奮卻又無比昂貴的夢想吧！

然而第一步就遇到了大挫折，向教育部申請國際教育交流經費的計畫時，因為我們學校沒有老師參加過教育部所辦理的國際教育研習課程，而無法取得申請資格。

沒關係，我們自己來！我決定向企業界募集經費，雖然難度頗高，但我決心一試。

正當我努力地在企業邀約的講座中宣傳這個計畫時，美國的王老師傳來一個令人感動的消息：這些聖羅倫斯大學的大孩子們，願意至少自費一半的機票錢。

天哪！每個人自費超過二萬五千元臺幣，來臺灣當爽文孩子的英語志工！

好的，那我也來招募十二至十五個臺灣的大學生一起加入這個營隊。

幾場演講過後，我們幸運地獲得了包括鈺豐高爾夫球協會梁董事長在內的幾個企業家協助，募集了將近四十萬的經費。更重要的是，我們獲得了來自臺灣十幾所大學的大學生的熱血支持，願意加入我們夏令營的志工行列。

二〇一三年七月六日，早晨。

我開著我的休旅車在草屯街上奔馳，東邊接到一個搭統聯來的女孩，西邊載上一對坐小巴士來的姐妹花，有個帥哥騎機車從臺中來，有人的媽媽開著小客車接送，後座還塞滿早上剛拔的竹筍要為我們加菜。

然後，那群來自美國的大學生，分乘三輛計程車從高鐵而來。

十一點整，草屯鎮公所大門，在一堆鄉下公務員張大的嘴巴與眼睛前，十五個IT（臺灣大學生）、九個AT（美國大學生），以及兩個熱血的teacher Wang（我和王老師啦！），一個不可思議的夢想，到齊！

接下來的十二天英語夏令營，充滿了汗水，一直記得Tammy說：

「Three types of summer weather in Taiwan. Hot! Hotter! God damn Hot!」

更多的是笑聲——校長殺雞宰魚要款待美國貴客，卻把不曾看過整尾魚上餐桌的洋人孩子嚇傻，那些雞爪更是讓只看過肯德基的女大學生尖叫連連。

但最多的還是感動與擁抱。

AT與孩子擁抱，IT與孩子擁抱，AT與IT擁抱，

而孩子，則與世界擁抱，與翻山越海而來的愛擁抱。

二〇一三年的暑假，我們實現了一個夢想——超過五十萬的自籌經費，八十二個偏鄉的孩子，二十二次的Skype視訊，十五個熱血的臺灣大學生，九個飄洋過海的美國大孩子，二個瘋狂的老師，一個不可思議的夢想。

孩子們在AT和IT的身上看見了不只是學習英文、看見了不只是與世界的真實接觸，更重要的是他們看見了這是用愛在成就他人。

這樣的愛還在蔓延。

二〇一四年夏天，我們再次招募了臺灣的大學生來到爽文國中辦理二〇一四爽文國中英語夏令營，志工招募活動從五月十六日開放報名之後，短短一週，我們已經收到超過六十封

報名表。這六十封報名表的背後是六十顆熱血沸騰的青春心靈，更是六十份單純美好的誠摯心意。

每一封信我都認真地閱讀，我看到了這些大學生的多才多藝，自信大方以及熱情勇敢；這些信總共來自二十四所大學，二十一個科系，國內國外都有。我相信這些多元而熱情的人才，會豐富且精緻我們的英語夏令營。

並且讓爽文的孩子再一次感受用愛成就他人的幸福感。

如果愛可以翻山越海，未來的每一年，讓我們真實地遇見。

人師系列 002

老師，你會不會回來

作者—王政忠
主編—邱憶伶
責任編輯—俞天鈞
責任企畫—吳宜臻
封面設計—我我設計工作室 wowo.design@gmail.com
內文排版—葉武宗

總編輯—李采洪
董事長—趙政岷
出版者—時報文化出版企業股份有限公司
一〇八〇一九臺北市和平西路三段二四〇號三樓
發行專線：（〇二）二三〇六六八四二
讀者服務專線：〇八〇〇二三一七〇五・（〇二）二三〇四七一〇三
讀者服務傳真：（〇二）二三〇四六八五八
郵撥：一九三四四七二四時報文化出版公司
信箱：一〇八九九臺北華江橋郵局第九九信箱
時報悅讀網—http://www.readingtimes.com.tw
電子郵件信箱—newstudy@ readingtimes.com.tw
時報出版愛讀者粉絲團—http://www.facebook.com/readingtimes.2
法律顧問—理律法律事務所陳長文律師、李念祖律師
印刷—勁達印刷有限公司
初版一刷—二〇一一年九月二日
二版十六刷—二〇二一年五月二十八日
定價—新臺幣三二〇元

時報文化出版公司成立於一九七五年，
並於一九九九年股票上櫃公開發行，於二〇〇八年脫離中時集團非屬旺中，
以「尊重智慧與創意的文化事業」為信念。

老師，你會不會回來／王政忠著．
-- 二版．-- 臺北市：時報文化，2014.10
面： 公分 --（人師系列：2）
ISBN 978-957-13-6070-6（平裝）
855　　103017056

ISBN 978-957-13-6070-6
Printed in Taiwan